To J[illegible]
wishing tha[illegible]
you enjoy the nov[illegible]

Peter

Libro de sábados

Pedro A. Mora Urdaz

Libro de sábados

Editorial Tiempo Nuevo

LIBRO DE SÁBADOS
Primera edición en Puerto Rico: junio de 2013

© Editorial Tiempo Nuevo
PO Box 368065
San Juan, Puerto Rico 00936-8065
Tel. 787-317.8435

www.editorialtiemponuevo.com
etiemponuevo@gmail.com

ISBN: 978-0-9850923-6-8

Editor: José Luis Figueroa
Diseño de la cubierta: Cristabelle Mora

Hecho en Puerto Rico

A mi esposa Frances Terraza
cuya luz ilumina todos los senderos
de mi existir.

Sábado Primero

Quiso buscar y asir a Cerisse, Cerisse sueño, Cerisse cielo, Cerisse fantasía, Cerisse azul.

Dar un matiz a las sombras, dar un color a la piel canela, dar una refracción a unos ojos verdes, dar chispas a un misterio fantasma. Darle un tacto, darle una visión, darle una melodía, darle un perfume, darle un sabor a Cerisse.

Saber que lo imposible era posible, saber que lo improbable era probable, saber que lo existencial existía y saber que lo amado amaba.

Así pensó Ariel perseguidor de sueños, estudiante de lo oculto, científico de lo abstracto, escultor de quimeras y genio de lo absurdo.

Intuir y presentirla ese primer sábado de alegría sin razón y de cosquillas en el alma.

Verla entre el coro en el ábside del altar catedral.Conocerla años antes como prepuberta ahora manzana rubia, exuberante y núbil.

Saber que sus primeros amores serían solo uno de muchos en su larga fila impúdica de mujer.

Huir era su alternativa.

Ahora la vio reflejada en el mármol y el alabastro

de la estatuas que esculpía impecablemente en sus sábados como pasatiempo del estudiar capitalino.

Acercarse ella con su cortejo de amigas.

Solo bastó un refulgir de estrellas, una pavesa volcánica, un rayo galvánico, un tañir de campanas y una percusión de tambores en la sangre para que Ariel se abalanzara hacia lo abismal de un amor imposible.

Quedar impávido y tiritando frente a Cerisse. Fue como un espejismo, un cristal de fractales y un sumergirse en luz de cirios.

Su risa era loca, ditirámbica y coqueta.

Cerisse preguntar e inquirir sobre el juego de proporciones múltiples de rodocrosita y alfez.

Su curiosidad e interés en la caricia táctil al bloque de calcita a medio fijar.

Entregarle un papel donde escribía el querer encontrarlo los sábados por venir.

Sábado Segundo

Esperar temprano junto a Eos, diosa de los crepúsculos, en el atrio de la catedral.

Ariel pelo largo negro pleno de ideas y de sueños.

Ella y él. Un encuentro de ojos. Los de Cerisse verdes, los de Ariel cetrinos y ambos centelleando como las ventanas del alma.

Contarle sobre sus estudios médicos y ella sobre sus aspiraciones y esperanzas.

El tiempo pasaba de instante a instante sin sentirse en su correr veloz e ineludible.

Regalar estatuilla réplica mármol del nacimiento de Venus de Botticelli.

Ella le dio un beso en la mejilla y se despidió.

Sábado Tercero

Ariel cavilaba y rumiaba sobre su gran secreto secreto.

Accidentalmente su cincel calló sobre la base caoba de estatua y un resorte activó una caja pequeña conteniendo una llave con el número 1898.

Probar todas las puertas de cerraduras herrumbrosas desde la bóveda hasta el final de catedral infructuosamente.

Autodidacta en criptología y ávido lector de novelas y cuentos de pistas, señales, tesoros, cementerios, casonas y pasillos secretos que jugaban en su mente.

Esto no era como las novelitas heroicas, preciosistas, rococós con grandes tramas ingeniosamente escritas.

Esto era la realidad en cueros frente a él.

La llave era de ausubo y Cerisse llegó tarde.

Ariel confiaba en ella plenamente.

Explicar y mostrarle la llave impresa con el número para que no lo creyera demente.

Ella atenta y decirle que era lo ampliamente obvio del 1898 año de la invasión norteamericana.

Cerisse confirmarle que existía algo mucho más profundo en esto.

Ella y él obsecados por el misterio.

El traía solución detectar tinta invisible con flama y

cera caliente. Probarla. Nada. Mirar amplificación lente. Nada.

Ariel y Cerisse ahora cómplices de una búsqueda incógnita y secretiva.

Se despidieron con un aire de curiosidad.

Sábado Cuarto

Pero el amor, el amor, Ariel. El amor, esa palabra. El amor nos convierte de gusanos a estrellas. El amor nos quema por dentro, nos calcina. Nos lleva al farallón y nos lanza a volar. Nos exorcisa de los demonios del vivir. Nos enaltece de crudos a poetas. Nos lleva de lo cotidiano al existir, del existir al ser. Nos transforma de cinocéfalos a cardiocéfalos. Nos convierte en superhombres de todos los géneros. Nos lleva a la trascendencia. Nos transporta a la libertad. Nos desnuda y nos viste. Nos abraza y nos levita sobre las ascuas. Nos vuelve cromestésicos para ver arcoiris en todo. Nos pone la máscara donde todo lo demás queda en segundo plano. Nos da la revolución a la tiranía de los días. Misterio de misterios. Sí Ariel, esa palabra.

Cerisse llegó temprano. Le regaló un autoretrato y él le dio una poesía. Se despidieron. El sin dejar de mirar, ella volviéndose a mirarlo.

Sábado Quinto

Buscar antes y después del ensayo en la base marmólea de la estatua con caja de resorte. Nada. Examinaron todas las estatuas de la cabeza hasta el suelo lozas. Nada. Examinaron el púlpito, luego los bancos y las bandas de genuflexión. Nada.

Salieron a la plazoleta y miraron todo el periplo. Nada. Tendrían que reexaminar de nuevo con más detalle, más detenimiento y buscar alguna señal. Pensaban que se les había escapado algo en la búsqueda. Faltaban muchas cosas por investigar.

Cotejaron los incensiarios, los confesionarios, las velas devocionales. Nada.

Se despidieron alegres pero obsesionados.

Sábado Sexto

Mujer de sal, mujer de espuma
acércate a mis riberas de sed.
Suena cascabel de alegría
que yo te daré mi regocijo.
Mujer en requiebros de azules
llena mi vida de tu presencia.
Te desvaneces y al sexto día apareces.
Bello cristal tu ser,
dame la visión de tus ojos,
dame el juego de tu pelo,
dame la música de tu piel.
Tú me buscas y yo te busco
en los universos paralelos.
Te doy lo mejor de mi añoranza
dame tu sonrisa, dame tu canto.
Déjame darte mis versos,
déjame darte mi ilusión,
déjame colmarme de tu esencia.
En fin mujer déjame soñar con la esperanza.

Así declamó Ariel sus versos petición Cerisse. Ella se marchó corriendo y riendo.

Sábado Séptimo

Llegaron al mismo tiempo. Comparar ideas. Coincidir en la misma conclusión. Habían señales antes y después de la llave. Repasar donde habían buscado. Nada.

Mientras el coro cantaba Ariel miraba el autoretrato de Cerisse el cual siempre llevaba consigo.

Cantando Cerisse se dio cuenta de que la luz matinal a través de un vitral se posaba a los pies de la estatua.

Después del ensayo le hizo saber a Ariel.

Examinar ambos el vitral. Notaron que la imagen era de un monje leyendo un libro y en el trasfondo gran cantidad de libros. Aparentemente se trataba de una biblioteca antigua, un depositorio de viejos volúmenes, documentos, palimpsestos y pliegos arcaicos. No se discernía ningún título ni escritura. Era rojo y en su lomo claramente se leía el 1898.

Cerisse notó que Ariel tenía su autoretrato. A ella le irradiaba la alegría.

Consultar sus ideas y concluir que la clave estaba en algún conglomerado de volúmenes.

Se despidieron y Ariel percibió en ella la felicidad y se sintió feliz.

Sábado Octavo

Llegar de madrugada ambos.

Ariel tenía el privilegio de acceso a todas horas a la catedral y a las bibliotecas a cambio de sus restauraciones y estatuas. Abrir el cerrojo de la catedral. Ir cuarto de registros en el trasfondo del altar.

Mirar y mirar gran cantidad de páginas con recibos de cuentas de plantillas de pan, de vino sin consagrar, reparaciones,vituallas y así por el estilo. Leyeron los documentos y había un mapa original de la catedral cuando fue construida. Ariel copió el mapa. Encontrar pliegos de hojas sueltas con el encabezado del 1898. Allí se podía discernir algunos trazos nombrando a un alférez Antonio Vietri y a una india criolla Yesnadel.

Había múltiples referencias a un personaje misterioso llamado maestro, magistrado, en francés Vol D'oiseau, en catalán Vol D'ocelle y en castizo Abuelo Depájaro. Decían que tenía el poder de aparecer y desaparecer sigilosamente. Era políglota en todas las lenguas romances incluyendo el rético, el occitano y el lange d'oc. También entendía cirílico y anglogermánico.

Fascinantemente era un hombre renacentista siendo arquitecto, ingeniero, matemático, artista, alquimista y médico entre otras cosas.

Aparte de esto no había nada más para explicar el misterio.

Después del ensayo ir a la abadía contigua y buscar la biblioteca. Había múltiples volúmenes encuadernados en cuero rojo bermejo y con números de años pero en gran desorden.

Por fin encontrar el volumen 1898. Comenzaba con un mapa de la catedral y abadía en ese año. Ariel lo copió también.

Cerisse abrió las páginas en el medio del tomo y descubrieron un molde en forma de llave. Ariel probó la suya y encajaba perfectamente en cuerpo y clavijas.

Se llevaron el volumen prestado para Ariel estudiarlo.

Salir cogidos de manos y excitados.

Se despidieron. Ariel pensaba: Abuelo Depájaro.

ABUELO DEPÁJARO

Ahora que solo quedan
los estandartes en fuego,
las banderas rasgadas
y la sangre en la tierra dipsómana.
Ahora que solo me queda un sortilegio.
Ahora que solo cenizas restan,
puedo contar aquello que pasó
sin artífices ni magia amiga.

Abuelo Depájaro siempre con tu semblante sereno y profundo. Tus ojos grises, brillantes y lejanos. Tu pelo blanco y largo combinaba con la túnica alba, la barba luenga y tu ceño fruncido con porte de genio y de sabio. La mirada era concentrada como mezcla de Merlín y Leonardo.

Astrólogo, astrónomo, pleno de cartomancia, visionario, vidente y profeta. Irradiaba un aura de respeto y altivez. Nariz proporcionada y la frente alta. Era corpulento y atlético. Todos los días miraba el mar. Calzaba sandalias grecoromanas. El vestido a modo sacerdotal le daba un sentido de omnipotencia y seguridad.

Consejero de consejeros. Todo el mundo sentía el poder de sus palabras. Gran consultor que vaticinaba cataclismos, temblores, trombas marinas, huracanes y marejadas.

Su fama se difundió por todo el territorio al salvar a muchos de la hecatombe de 1896. Familias acudían donde él para pedir consejos, adivinar el sexo de los niños por nacer, mal de amores, problemas de dinero y todas las cosas que perturbaban a la gente.

Era altamente considerado por el obispo y los sacerdotes debido a sus obras de ingeniería, arquitectura y construcciones en la catedral. También era muy solicitado por el alcalde, los soldados y los enfermos.

Atendía a todos y sus consejos siempre eran seguidos.

Se le sentía trabajando en la catedral donde en la noche se podían ver relámpagos, luces y resplandores.

Hacía dos años que la ciudad no había sido azotada por desastres y la agricultura florecía debido al sistema de riego diseñado y construido por él.

Trataba igual a nobles y campesinos.

En sus estudios de óptica fabricó un catalejo y un telescopio para observar el cielo y el mar. Los pocos que veían su laboratorio detrás del altar decían que era la cueva de cristal por todos los matraces, buretas, probetas, lentes, prismas y copas.

Construyó en la fortaleza cañones de pólvora blanca mezclada por él, que los hacía atinar a grandes distancias y con disparos muy certeros.

Cuando alguien moría en circunstancias sospechosas, estudiaba, examinaba y disecaba los cadáveres en busca de crimen.

Su curiosidad era voraz y la aplicaba a la naturaleza de las cosas.

Urbanizó el centro de la ciudad y las casas eran como ningún otro pueblo costero dando la espalda al mar.

Si él hubiese nacido en la inquisición de seguro que lo habrían quemado por hechicero.

Su ayudante especial era el alférez Antonio Vietri.

El alférez Antonio Vietri se despertó consternado. Como siempre tenía órdenes confusas del alcalde Pánfilo Gónzalez. Preparó su café como de costumbre, negro como el diablo, dulce como los ángeles y caliente como el infierno. Mientras lo bebía con pequeños sorbos organizaba su mente brillante y anotaba sus ideas en el diario. Fue barriendo las telerañas de la duermevela. Era el mes de enero de 1898 y apuntó la fecha en el encabezado. El alcalde Pánfilo González delegaba todo al alférez. El alcalde era un hombre recto pues iba derecho al casino, al vino, a los bailes y agasajos de los nobles sin desviarse. El alférez Antonio Vietri cada vez que el alcalde sugería ideas burdas y disparatadas trepidaba y tenía que buscar la forma de corregirlas y hacer lo razonable y correcto. Este día le había encomendado la luz del faro y le dijo que lo hiciera de día y que prendiese y apagase el faro para que las embarcaciones se alejasen de los arrecifes día y noche. El alférez Vietri lo solucionó con la idea de mojar el fuego con una sal cuprífera que tornaba el fuego verde y dejaba saber a los barcos donde estaban localizados en las noches y los días.

En fin el alférez Antonio Vietri era el poder detrás y delante del trono en la ciudad. Era el oficial de más rango y había ascendido a teniente pendiente a que los documentos llegaran de la capital. Por su valor había sido condecorado múltiples veces. Su cuerpo llevaba las cicatrices de guerra a pesar de su juventud. Siempre era punta de lanza en los combates. Estaba consciente del dicho militar: "alférez puesto, alférez muerto". No le importaba. Aborrecía a sus compatriotas anteriores por diezmar cruelmente a los taínos y a los esclavos. Odiaba el carimbo, los grilletes, la ergástula y las mazmorras. Amaba la isla.

Bajó a su patio amurallado con la fuente en el centro. Examinó sus orquídeas, azucenas, geranios y bauginias. Sentose en el banco para ver y oír el agua. Encendió su pipa de brezo y dejó la mente correr. Este era su momento preferido del día.

La casa era de tipo español de madera y fortalecida por ladrillos. La sala, el balcón y su dormitorio se encontraban arriba. En el primer piso estaba su estudio biblioteca repleta de libros. Había una escalera secundaria afuera que subía directo a su habitación. La escalera principal llevaba a la sala. Los muros del patio eran de ladrillo color ocre. La ventilación de la casa era perfecta.

El coche de caballo estaba en el patio también con salida hacia afuera. Los muebles eran todos de caoba y tenía réplicas de estatuillas decorando toda la casa.

El alférez Antonio Vietri era alto, delgado y fornido. Era rubio con el pelo largo y tenía ojos azules. Era muy codiciado por las hijas de los nobles. El quería estar con alguien especial y no le hacía caso a esas muñecas de porcelana que coqueteaban con él. No era amante de las fiestas ni los banquetes. Guardaba celosamente su libertad de soltero.

Reorganizaba su mente mientra fumaba y buscaba solución a los problemas de la ciudad. Había redoblado los guardianes de la ley y el orden después de una violación a una mujer en un callejón obscuro por dos hombres desconocidos que se habían dado a la fuga. Tenía que consultar esto con su mentor.

Salió hacia las caballerizas de la ciudad. Buscó su corcel negro, El-Feral, caballo brioso y rápido. Lo montó y se dirigió al faro. Encumbrado, este era blanco con pintura gris en las entradas. Una escalera de caracol lo llevaba al balcón redondo donde la vista era impresionante y se divisaba la ciudad y un horizonte donde se visualizaba hasta lejos el mar. Este chocaba grandiosamente en las rocas.

Saludó al vigía y juntos aplicaron la sal a la hoguera y la llama verde , aunque de día, lucía brillante y fuerte señalando a gran distancia en el océano. Miró las peceras que tenían corales y peces de colores policromados.

Se dirigió a la fortaleza para los ejercicios y maniobras al mediodía. Por consejo había reclutado a criollos e iba a comenzar a enseñarles a disparar rifles y pistolas. También les enseñaría los ejercicios de esgrima con sables y machetes. Les había dado el rango y privilegios de militares. Recibían igual paga, comidas y cuartel que los soldados. En total contaba con trescientos defensores. Los criollos tenían su propia compañía.

Supervisó el tiro al blanco y los disparos de artillería. En unos pocos meses, tendría una fuerza sólida y digna de respeto por tierra y por mar.

Voluptuosa, hermosa y orgullosa cimbreando sus caderas caminaba Yesnadel. Criolla educada en literatura de la universidad de Barcelona con la herencia de su abuelo. Cuando pasaba todos los hombres la miraban lascivamente.

Enseñaba literatura en el Colegio Neri y tenía relatos y poesías publicadas. Provenía del centro de la isla y sus padres tenían haciendas fructíferas allí. Podía tener a cualquier hombre que deseara pero hasta ahora no le agradaba ninguno. Estaba preparando una novela. Iba y venía a la biblioteca de la ciudad. Preparaba hoy su clase sobre el monólogo de Segismundo en *La vida es sueno* de Calderón de la Barca. Trabajaba en su libro sobre Alfonso XIII y la restauración Borbona. Sabía de cartomancia y echar el tarot francés, el cual le auguraba unos tiempos buenos.

Sus indagaciones se dirigían a la autonomía dada a la isla recientemente y la nueva carta de derechos otorgada por las Cortes de España.

Tenía el busto prominente y proporcionado, las pantorrillas perfectas, su pelo lacio, largo y negro. Sus ojos de acerina brillaban pícaros. Era relativamente alta y con un porte esbelto. Desdeñaba lo superficial de lo social y se circunscribía solo a sus intereses especiales. No le importaba ser la más bonita de la ciudad ni que todos los hombres la codiciaran. En fin era altiva, preciosa y no le importaba la gente. Las comadres la envidiaban e imbricaban historias absurdas sobre amantes secretos, ausentes ó pasados. Se sentía sola.

La Carta Autonómica fue firmada y puesta en efecto el 25 de noviembre de 1897. Esto fue después que los partidos políticos se pusieran de acuerdo en la isla y en España. Entre otras cosas importantes no se podían imponer decretos sin el permiso del pueblo. Las libertades concedidas la hacían prácticamente una república.

Yesnadel odiaba las mentiras. Nunca quiso entusiasmar a ningún hombre vanidosamente para luego degollarlo. Entendía que los arañazos al corazón podían perdurar y luego como las heridas de guerra al cambiar el tiempo vuelven a doler. Después de todo el amor no es aquello que queremos sentir sino aquello que sentimos sin querer.

Las directrices autonómicas no habían llegado a la ciudad estando concentradas en la capital. Todo seguía como siempre. Un líder político había dicho que la isla se constituye en un pueblo soberano, dueño de su suerte y capaz de dictar sus leyes civiles sin la intervención de España. En el presente era la libertad completa, el dominio exclusivo y en el porvenir la independencia.

Yesnadel tenía dificultad con la trama y sus personajes en los tiempos críticos que vivía y que se desarrollaba su novela. Optó por ser discreta en los hechos históricos pero fidedigna y enfocar más en la caracterización. Era una época difícil y ella tendría que hilvanar con licencia de autor y describir la acción futura como ella la querría entre verdad y ficción.

El alcalde Pánfilo González con su resaca mañanera se rascaba su larga nariz desviada como pico de guaraguao. Estaba en su despacho examinando las prendas ofrecidas. Sobornaba a los españoles anexionistas peninsulares y a algunos nobles a darle todas sus joyas y dineros a cambio del salvoconducto para abordar los barcos que los llevarían a la península. Por si lo engañaban los registraba de nuevo en el momento de zarpar. A los que no le satisfacía su ofrenda les denegaba la salida a ellos y su familia. Después de haber tomado el importe examinó sus arcas secretas que poco a poco se iban colmando.

El alcalde tenía perforaciones en su cara acneiforme. Flaco y avaro fue al casino a jugar brisca y a beber vino. No le hacía caso a los telegramas ni a la prensa. Delegaba todas sus responsabilidades para con la ciudad. No se enteraba de las noticias pues pensaba que como siempre no pasaría nada.

Así habló Abuelo Depájaro:

Hay vientos de guerra en los Alíseos. Veo la ciudad en humo, pólvora y sangre. Marte entra potente en Leo trayendo invasión del norte. Habrá cambio de bandera. El nuevo gobierno será casi un natimuerto durando solo cuatro días. La invasión será el 25 de julio, el 27 llegarán a la ciudad. No será el Siroco, la Tramontana ni el Mistral, serán ráfagas de muerte. Prepárate para esto. Veo a los dos violadores. Son hijos de nobles cuya familia se ha ido a España. Abusan de su nombre creyendo que son impunes a las leyes. Fuman opio de Turquía y se ocultan en las noches. Una isleña se inclina hacia ti. De esta forma se comunicó con el alférez Antonio Vietri. Había una mesa ancha con cartas de astros y estrellas, sextantes, compases y astrolabios y un vitral a medio hacer. También había una copa de cristal fino repleta de agua cristalina. Veo un misterio que durará lustros. La isla se encamina a un futuro incierto que durará más de cien años. Haz una bitácora de las claves que te daré con instrucciones estrictas para guardar un secreto. Este vitral es la primera pista.

Así habló Abuelo Depájaro.

El alférez Antonio Vietri duplicó las piezas de artillería en la fortaleza. Hizo múltiples simulacros. Usó una estrategia de disparar los cañones en secuencia para que el fuego fuera continuo. Aumentó las prácticas de tiro al blanco y de combate mano a mano. Sus trescientos hombres daban por mil.

Buscó las residencias de los violadores pero las casas estaban vacías y cerradas. Dejó dos guardas en cada una con instrucciones de apresarlos a la vista.

Patrullaba las calles día y noche en su corcel El-Feral. Aconsejó a las mujeres que no salieran solas de noche y evitar las sombras.

Se mantenía al tanto de todo por la prensa y el telégrafo. Habría elecciones en julio para elegir los legisladores del nuevo gobierno.

La ciudad bullía de esperanza. Habían reducido los impuestos razonablemente y los trabajadores de los latifundios recibían paga justa. Las exportaciones locales habían aumentado como lo atestiguaban los muchos navíos en el puerto.

En la guarnición el alférez Antonio Vietri escribía concentradamente en su diario detallado. Lucubraba mientras encendía su pipa francesa. Vendrían por el sur y por el norte.

Yesnadel dedicaba su tiempo libre entre su novela y enseñando a escribir y leer a los niños y a los analfabetas. La política era una arena movediza y sus personajes tendrían que pasar por ella. Avanzaba poco a poco en los escritos. Era sumamente cuidadosa en la caracterización y el uso del lenguaje. Se inspiraba en el rocío, la flora, el mar y los reflejos del sol.

En España un gobierno republicano con el partido de Sagasta Liberal y Fusionista. En la isla un partido liberal. Insularmente una república en tránsito.

Sus personajes tomaban vida propia llevándola a tramas insólitas. Trataba de controlarlos pero ellos se rebelaban continuamente. Eran resbaladizos y traviesos.

La monarquía ibérica era una de papel con la Reina María Cristina y Alfonso XIII. Todos los edictos como cortesía eran firmados por la reina.

Yesnadel no pretendía una novela histórica. Quería que al final el amor triunfara sobre todo. Era una romántica empedernida.

El alcalde Pánfilo González había sido parte de la nefasta guardia civil represiva. Fue nombrado a la alcaldía por ser una marioneta manipulable. Ahora por fin se preocupaba por el nuevo orden que se iba fraguando. Ahogador de penas en vino y aguardiente, su mente obnubilada no sabía que hacer. Optó por seguir amasando fortuna. No le importaba quien ganara ó perdiera después que conservara su botín. Era fuerte en el robo pero blando en el alma. Contaba feliz las monedas y las joyas.

Las noticias que escuchaba en el casino se le deslizaban por el espíritu. Era un hombre quebrado por las fracturas como recuerdo de las caídas durante las borracheras. Seguía obsesionado en donde podría guardar más seguro su tesoro. Por ahora estaba a salvo en el sótano del ayuntamiento.

No le importaba la pobreza, el analfabetismo, la salud ni las infracciones a la ley. El alférez Antonio Vietri se ocuparía de eso.

El alférez Antonio Vietri amaba la isla y la ciudad. Había estado en la legión extranjera donde fue condecorado con la Cruz de Francia.

Era un hombre ilustrado y autodidacta como lo atestiguaba su estudio repleto de libros. Había leido los clásicos franceses y la literatura contemporánea. Hablaba, leía y escribía perfectamente el galo. Para su edad y juventud era sabio.

Preparaba su tabaco añejándolo en miel y coñac luego de cortarlo en pequeños pedazos. Fumaba cuando estaba plácido, relajado y pensativo. Jugaba ajedrez consigo mismo practicando las aperturas y finales de juego. Llevaba su diario con lujo de detalles de lo que consideraba importante. Era un tomo rojo con el número 1898 que le había regalado Abuelo Depájaro con quien hablaba francés y jugaba largas partidas de ajedrez. Las últimas dos veces duraron seis semanas cada una usando una variante de la apertura española de Ruy López en una y un gambito del rey no aceptado en otra.

Hizo senderos pequeños en los cañaverales fuera de la ciudad. Allí realizó maniobras tácticas de combate hacia el único acceso a la ciudad por tierra.

Los cañones retumbaban de dos en dos usando proyectiles conteniendo fuego griego que ardía más al contacto con el agua de mar. El practicaba su habilidad con el sable y la pistola.

Buscó en las casas de playa y campo de los padres de los violadores pero también estaban cerradas y vacías. No encontraba el paradero de ellos.

Estaba preocupado por el éxodo de nobles y peninsulares a España. Examinó el mapa de la isla y sus caminos. La topografía le favorecía con mogotes abundantes que interferirían con el movimiento de tropas enemigas.

Yesnadel se cercioraba de algunas palabras en el diccionario. Había llegado a un 'impasse' en la trama. Le faltaba más volumen dado que acostumbraba a ser directa y sucinta en el hablar y el escribir.

Los murmullos de guerra sonaban por doquier. Los ciudadanos preparaban sus escondites con agua y provisiones.

Ella hilvanaba su novela como encaje de mundillo con intersecciones de sucesos y personajes. Estaba muy complacida y entusiasmada de lo escrito hasta ahora. Solo le preocupaba el final. Continuaba leyendo en la biblioteca la prensa de los últimos tiempos. No llegaba a una conclusión concreta. Decidió emplear la intuición de su corazón. Los niños la idolatraban. Ella ponía toda su concentración y conseguía que aprendiesen rápidamente. Sus alumnos en el Colegio Neri también se entusiasmaban con sus clases. Las niñas la consultaban sobre sus amores tempranos y secretos.

Ella las aconsejaba con su visión cosmopolita. Lo agradecían inmensamente y le traían libros de regalo.

Por las noches en su habitación privada a la cual no permitía a nadie, cavilaba pensando en los momentos placenteros de su vida. Las paredes del cuarto estaban repletas de cuadros y bocetos. Los estantes contenían múltiples libros encuadernados en piel y grabados en oro.

Sus amores pasados eran gratos recuerdos en lontananza. Sus sentimientos se equilibraban entre la privacidad y la soledad.

La flota del norte se había desplazado al sur.

Abuelo Depájaro tocaba en el órgano de la catedral la popular cantata y fuga en Re Menor de Bach. El alférez Antonio Vietri lo escuchaba atento. Las hármonicas y arpegios reverberaban en la nave central.

El vitral ya estaba terminado y colocado en el lado este debajo de la bóveda. La luz brillante resaltaba sus colores. La figura era un monje en una biblioteca leyendo un libro rojo con el número 1898.

Entraron a la cueva de cristal y Abuelo Depájaro le dijo que creara una ruta de escape y contingencia para él y sus soldados hacia el centro de la isla. También le reveló que la segunda clave del misterio estaba a los pies de la estatua y le enseñó un compartimento secreto. En él había una llave de ausubo grabada con el mismo número 1898. En la mesa de trabajo había un plano de la catedral completo. También había dibujos de engranajes de madera y de corrientes de agua. Le indicó que la tierra de las excavaciones fuera llevada a los sembrados en los campos. El aire de la catedral se sentía más húmedo que nunca y había sonidos de flujo de agua viniendo del suelo. Le señaló que el amor le llegaría pero como siempre en estas cosas habría dificultades, obstáculos y dolor. Recomendó que tuviera su revólver lleno de balas y listo para disparar siempre. Le pidió también dos cofres con cerraduras. Preguntó si llevaba su diario con todos los detalles a lo que él asintió. El libro cuando terminara debería entregárselo. La tormenta histórica se acercaba y vendrían tiempos difíciles.

El alcalde Pánfilo González estaba malhumorado. Un peninsular le había traído unas prendas de fantasía a lo cual él le negó el salvoconducto. El peninsular protestó a lo que el alcalde le contestó que le trajera las joyas genuinas ó nunca saldría de la isla. A refunfuños partió el peninsular dejándolo molesto e irritable. Salió al casino donde le daban las fichas gratuitamente al igual que el vino. Como siempre no sabía que hacer, si partir en los últimos navíos sin su tesoro ó quedarse y aguardar los acontecimientos. Decidió resolverlo embriagándose. Intoxicado volvió al ayuntamiento donde contó su fortuna. Había más que suficiente para hacerlo rico. Su disyuntiva era como llevarlo consigo si zarpaba y si no, donde guardarlo seguramente en caso de guerra. Ante estas opciones decidió que en ambos casos dejarlo salvaguardado con alguien que confiara plenamente y buscarlo después cuando todo hubiese pasado. Renuentemente concluyó que lo más seguro era llevarlo al cuidado de Abuelo Depájaro.

Sigilosamente pero tambaleándose llevó dos sacos en la noche a la catedral. A regañadientes los entregó y prosiguió con su amigo el vino. Seguía pensando si se quedaba ó se iba y se rascaba la cabeza. Decidió esperar y observar las noticias. Por primera vez le importaba lo que sucedía.

Yesnadel se topó con el fenómeno página en blanco. Las musas se le habían escapado. Buscaba temas para desarrollar pero por el momento no se le ocurría nada. Como siempre hacía cuando sucedía esto, fue al mar a buscar inspiración. Allí vio que no habían barcos en el muelle y no veía embarcaciones en el horizonte. Se preguntó que pasaba. Volvió a la biblioteca a buscar los diarios del día. No había ninguna información sobre eso pero se hablaba de guerra inminente. Hoy no tenía clases. Decidió preguntarle a la gente quienes no lo notaron ó no lo sabían. Finalmente pensó que era una completa coincidencia y volvió a su casa pensativa. Allí decidió usarlo en su novela aunque en la realidad esto fuera inconsecuente.

La actividad de las tropas venía incrementando en los últimos meses pero ahora era continua. Todo el mundo estaba en alerta. Prosiguió escribiendo sobre la tensión que se estaba viviendo y el efecto en sus personajes. El escribir esfumó la ansiedad y le devolvió su mente positiva.

Las elecciones para escoger los legisladores se acercaban. Era un tiempo tumultuoso donde había mucha incertidumbre. El gobierno provisional quería que la isla tuviera un gobierno propio elegido por el pueblo.

La trama ficticia iba tomando forma pero encontraba

que la cantidad de lo escrito era escasa. No quería escribir papanatas para aumentar el número de páginas.

La armada de los norteamericanos en ese momento era la más poderosa del mundo.

La segunda pista fue apuntada en su diario por el alférez Antonio Vietri. Le había conseguido dos cofres con cerraduras a Abuelo Depájaro. No sabía de que se trataba el misterio.

No habían ocurrido más violaciones pero él estaba seguro de que los perpetradores estaban ocultos en algún lugar de la ciudad. Había avisado a la ciudadanía que si eran vistos ó si sabían de su paradero avisaran inmediatamente a la guarnición. No fueron observados por nadie.

De la capital llegaron más municiones y armas. Estaba muy bien apertrechado. Practicaba combate con su revólver y su sable. Proseguía patrullando en su corcel El-Feral durante el día y la noche.

Las excavaciones en la catedral continuaban y la tierra era llevada a los cultivos fuera de la ciudad. El no conocía de que se trataba la construcción excepto que la tierra extraída era mojada y húmeda, casi barro.

Las maniobras militares en la fortaleza y en los campos eran continuas, nocturnas y diurnas. Los criollos eran muy fieros y valerosos. Habían aprendido perfectamente bien el uso de las armas de fuego, de los machetes y las espadas.

Los mensajes y noticias de la capital eran mínimos ya que no siempre le contestaban y la información básica llegaba en la prensa. El gobierno pensaba erróneamente que la ciudad no era estratégica y que bastaba con el sur y noreste para defensas militares. La ciudad era ignorada por los capitalinos. Por el lado bueno, esto le daba mano libre a él y le permitía hacer lo prudente sin la supervisión del alcalde y de la capital. Los consejos y sugerencias que siempre seguía eran los de Abuelo Depájaro.

Abuelo Depájaro trabajaba intensamente en las fórmulas matemáticas y físicas. Utilizaba la hidrodinámica de Bernoulli, Laplace, Newton y Reynolds. Seguía sus estudios de flujo laminar y examinaba la probabilidad de turbulencias en sistemas líquidos. Calculaba los principios del desorden entrópico y del orden entálpico. Empleaba los cómputos de la intervención de las leyes de gravedad en el flujo del agua. Establecía los parámetros que evitaban el caos y la falta de cohesión. Con los principios de hidraúlica construyó motores usando su energía para mover objetos muy pesados, palancas y engranajes. Utilizó compuertas para canalizar la fuerza de la desigualdad. En los niveles de compartimentos hizo ladrillos con resortes para activar la dinámica de los aparatos. Había ocultado muy bien los controles para poner en marcha el complejo. El diseñó los tubos escondidos que traían el agua de la albufera cercana a la catedral. Ensanchó túneles y creó otros con acceso individual, cada uno manteniendo abierto el que se escogía y el que se quería emplear. Los pasadizos subterráneos conectaban con residencias incluyendo la del patio del alférez Antonio Vietri y uno llevaba a la playa. Para evitar la corrosión no usó metal sino la dureza del ausubo. También uno de los pasadizos conducía a la fortaleza como ruta de escape.

El alcalde Pánfilo González se halaba los pelos furiosamente. Había dormido veinticuatro horas sin conseguir los datos que necesitaba. Se desayunó con el café perfumado de anís y una cerveza para quitarse la cefalea y las telarañas de su cabeza. Llamó al alférez Antonio Vietri para preguntar por los barcos de pasajeros. Este le informó que el último zarpó ayer y que en toda la isla no había ninguno pues todos los viajes de ahora en adelante habían sido cancelados. Se le informaría cuando se reanudarían dado el futuro incierto de las hostilidades entre España y los norteamericanos. Solo quedaban los buques de guerra en el sur realizando maniobras. El alcalde quedó en pánico pues perdió su viaje por estar embriagado. Volvió a suprimir sus penas con el vino y esperar frente a las copas.

Se dirigió a la catedral a cerciorarse de que su tesoro estaba a salvo. Al entrar se cayó en sus posaderas pero fue informado que todo estaba escondido y bien seguro. En el casino los peninsulares y nobles confirmaron que no había pasaje para Europa en todas las antillas. El temblor de manos, brazos y piernas le había aumentado significativamente y volvió a caerse de bruces intoxicado.

Yesnadel se convenció de que lo visto en el puerto era cierto. No habían barcos ni se esperaba ninguno. La isla estaba prácticamente sola. Las comunicaciones continuaban bien entre los pueblos y la capital dado los mensajeros, el telégrafo y la prensa.

Redobló sus esfuerzos en escribir su novela. Evitaba la cacofonía, los retruécanos y los pleonasmos. Trataba arduamente de eliminar la repetición de las palabras sin quitarle el sentido a la narrativa.

Con las elecciones acercándose los políticos prometían la luna, los cometas y las estrellas como siempre. El gobierno provisional presionaba para hacer la transición más efectiva. Los partidos proseguían con los ataques e intrigas tras bastidores usando capa y espada por el dinero y el poder.

A la usanza del nombre exacto de las cosas eliminaba cualquier galicismo y anglicismo lo mejor que podía. Esta era su primera novela y pensaba darle a algunas partes un elemento de jocosidad y sarcasmo afilando el cinismo vitriólico.

Los partidos estaban fraccionados y los liberales batallaban con los reaccionarios continuamente. Los ánimos estaban exaltados pero preocupados. Reinaba la duda y la expectativa. La ciudad bullía pero predominaba la incertidumbre.

Se envolvía en la prosodia y en la onomatopeya. Sus palabras, sus ritmos y sus frecuencias eran exactas.

Un acorazado norteamericano se dirigía hacia las antillas.

Contrario al resto de la isla el alférez Antonio Vietri había prácticamente eliminado poco a poco la plutocracia y la oligarquía en la ciudad. Los nobles y los peninsulares habían accedido dado los beneficios adicionales que recibían. Su presencia impartía un sentido de seguridad y de respeto. Fue hacia el faro y habló con el vigía. Este no había visto nada con su catalejo. La llama verde continuaba ardiendo. Desde allí examinó las pruebas de la artillería en la fortaleza. Vio que el alcance de los disparos era mucho mayor que lo convencional. Se podían medir mejor las distancias ya que en las municiones el fuego griego se encendía al contacto con el agua de mar.

Escribía los eventos detallados en su diario del libro rojo. Este era voluminoso y a pesar de todo lo anotado a penas llenaba una quinta parte del tomo. Las páginas no tenían líneas ni márgenes y así podía dibujar figuras en él sin confusión. Tenía dos claves del misterio, el vitral y la llave en el compartimento secreto. No tenía idea de lo que se trataba solo que se le irían dando las pistas poco a poco y una a la vez.

Desde el faro divisiba la carretera, los campos y el despliegue de las tropas en el cañaveral. Los senderos hechos mejoraban grandemente la movilización de los soldados en el purgatorio verde.

Continuaba sin encontrar a los violadores. Sabía que no habían dejado la ciudad. No se le ocurría el lugar donde se podrían esconder.

Abuelo Depájaro tenía una memoria cidética. Recordaba números, personas, fórmulas, situaciones, nombres y eventos con todos los detalles.

Estaba trabajando con un prisma y el espectro de luz visible. Tenía el prisma en la punta de un bastón de madera y observaba la posición de la luz fraccionada cuando cambiaba el ángulo al cual incidía la iluminación. Buscaba el efecto de acercar ó alejar el bastón de la pared donde se formaban los colores brillantes del espectro. Este se movía hacia arriba ó hacia abajo dependiendo de la distancia y el prisma usado. Cuando logró la posición que deseaba apuntó esta para quien necesitara utilizarla en el futuro.

Seguía su construcción de los túneles y las leyes de los líquidos aplicada en los espacios subterráneos debajo de los pasadizos. Dado su diseño el flujo de agua era solo un murmullo imperceptible al igual que el movimiento de los engranajes bien pulidos y la perfecta concordancia de estos, a pesar de las grandes fuerzas envueltas, en el abrir y cerrar de puertas y baldosas pesadas de piedra. En la cámara principal hizo perforaciones en el suelo y colocó el prisma en las posiciones que proyectaba la difracción en la pared.

La construcción era de ladrillos los cuales había comenzado a cubrir con argamasa blanca. Había grabado numeraciones, signos y símbolos en estos con significados secretos. Las palancas abrían las puertas de los pasadizos excepto uno al que solo se podría accesar con el control central. Este se encontraba escondido. El agua de la albufera se canalizaba por niveles y le impartía gran fuerza mecánica a la construcción.

Solo había una fuente de luz externa. La claraboya de la sala principal se proyectaba en el muro. El haz luminoso siempre se mantenía en el mismo sitio mientras hubiese sol. Esto se conseguía por la curvatura del cristal que hacía las veces de lente cóncavo. En las noches se mantenía alumbrada con linternas y antorchas. La ingeniería y la arquitectura eran exactas.

Estaba también transcribiendo un concierto para mandolina de Vivaldi a órgano. Sentía gran afición por la música barroca. Jugaba con el pentagrama sus blancas, negras, corcheas y semicorcheas. También con las claves de fa y de sol. El resultado era una música diáfana y etérea.

Cuando necesitaba resolver un problema tocaba el órgano ó el pianoforte de la catedral hasta que la solución se le ocurriera. Dominaba también el clavicordio crómico inventado por él y donde las notas representaban colores y el compás le daba forma. Conocía las ideas del joven Scriabin de conectar con los sentidos sinestésicamente y lo admiraba grandemente. Su opus magnum era un concierto para veinte órganos y conocía la polifonía todavía no aceptada por los músicos del siglo diecinueve.

Buscó en el tarot y vio que predominaba la arcana mayor. Los eventos que ocurrirían serían por fuerzas mayores. Solo se podrían disminuir. No había forma de evitarlo.

Yesnadel en lo hipnogógico:

Velo nimbo estrella pícara retozo letras palabras inexistentes vocablos quietas oraciones alegres párrafos líquidos personajes ilegibles bromas incontrolables sentimientos alegre paz ambiente recóndito libro ilógico página inconclusa céntricas brisas encarnadas sentir suprimido querer olvidado claro opalescente lágrima ensalzado planeta desorbitado luna melancolía blanca sol pecas negras futuro sueño pasado intransigente presente inexistente silencio estridente abrazos enaltecidos mudos besos delirios orgasmos apoteosis mundana recobro enriquecidos arañazos caricia almíbar reír enseñanza sabia balaustrada sólida espiral plectonémico síntesis potente oro fuerte plomo transmutación fénix alado dulce perdura sexo altos partos incógnitos libido flecha señal cuerpo articulado pies ágiles buscar ribera secreta porvenir apropiada fórmula cristal proteano protegidos zaguanes puertas herméticas meteoros fortuitos astros ónix cometas albos perihelios rojos sedientos asteroides último final concluyente principio muerte vida.

En el patio de su casa el alférez Antonio Vietri fumaba su pipa sentado en un banco frente a la fuente y a las orquídeas. Cavilaba sobre la guerra. Esa batracomiomaquia de ideas y razones. La naturaleza humana al respecto era más compleja que la solución fácil del poder y de riqueza como motivos. Sí había que defenderse si lo atacaban pero para qué buscar motivos superfluos. Pensaba que era más que la selección natural del hombre y su instinto de conservación y destrucción. Había millares de libros sobre el origen y la razón de ésta como parte del quehacer humano. Siempre había un pretexto y si no se encontraba se creaba. No sabía si era inherente al proceder de las personas ó si era algo aprendido con el existir. Él, que había vivido de cerca la muerte y el combate, todavía no entendía el porqué. La crueldad de los niños era algo innegable. Podría ser parte del instinto animal. Siempre se usaban a los dioses como estandartes de uno ú otro bando.

La respuesta no era sencilla si existía. El comportamiento del individuo dejaba mucho que desear. Tal vez la vida era una guerra cotidiana con pequeñas batallas continuas. A saber cual era la respuesta.

Por otro lado todo el mundo buscaba la paz excepto los que nacían para pelear. Se conoce la historia por lo bélico en las estatuas y en los monumentos. Esa sensación de sobresalto nos envuelve en el luchar ó el huir.

Nadie tiene la solución en la chistera aunque todos dicen tenerla. El sentido de comunidad y gremio por más pacíficos que parezcan pueden ser un disfraz de reyerta. No había que estudiar mucho para entender estos puntos pensó el alférez. El fuerte ayudaba ó maceraba al débil. Esa dicotomía estaba en toda la naturaleza. Uniones, pactos, simbiosis, alianzas y conglomerados eran facsímiles guerreros. Las bandas militares, los uniformes y las medallas eran adornos para el terror de la lucha armada. La muerte de niños, mujeres, viejos y víctimas inocentes eran justificados maquiavélicamente con el emblema de que el fin justifica los medios y si se va a ser malo serlo completamente.

Mientras haya hostilidad, dondequiera que se encuentre, y donde asuma cualquier forma, no se podrá trascender la iniquidad. La bondad no debería confundirse con debilidad y cobardía. El respeto es algo indeleble de todos y no habrá salvación si no es de los muchos y de los pocos. Así pensaba el alférez Antonio Vietri.

La filosofía personal del alcalde Pánfilo González incluía dos preceptos. El primero era actuar antes de pensar. El segundo que todos los problemas del orbe se resolverían si se deban más vacaciones.

Creía que la guerra nunca llegaría a la isla y que las preocupaciones de la gente eran en vano y futiles. No se alarmaba por su tesoro pues sabía que estaba escondido y seguro.

Se tocó el golpe en la frente y notó que no le dolía pues había roto la caída con sus brazos. Se examinó bien y notó que no tenía fracturas ni dislocaciones. Bajó a su despacho, lo que casi nunca hacía.

El ayuntamiento era de dos pisos. La planta baja se componía de su oficina y múltiples cuartos llenos de archivos. En la planta alta estaba su cama, un sillón y un armario lleno de vasos y copas. El sótano, a modo de cava, estaba repleto d botellas de vino, ron y licores. En el suelo había una loza enorme que era la entrada a un túnel conectando con la fortaleza. Este había sido sellado y clausurado por orden de él para evitar la humedad y el daño a sus bebidas.

Preguntó por los barcos pero no había ni se esperaba ninguno. La ciudad hacía tiempo había sido abandonada al olvido por el gobierno y solo llegaban proyectos nefastos para ella. Si no hubiese sido por el sentido de comunidad impartido por el alférez Antonio Vietri la ciudad ya hubiese sucumbido. Las reglas ecuánimes y brillantes de este la habían convertido en próspera a pesar de los embates de la capital.

Abuelo Depájaro de cara al mar rumiaba sus ideas. Especulaba sobre las corrientes submarinas y su origen. Estas eran tan fuertes que arrastraban pequeñas embarcaciones a muchas millas dentro del mar. Eran reponsables por el número de ahogados en las playas todos los años. Teorizaba que había una conexión entre las turbulencias de la costa y la trinchera de la isla. Esta se encontraba a setenta y cinco millas al norte de la ciudad y se llamaba la Fosa de Brownson, que por el descubrimiento de esta llevaba su epónimo. Era una zona hadal y su profundidad excedía cinco millas según el oceanógrafo O.H. Brownson que la estudió en el 1883. Su efecto era tan inmenso que podía allegar con sus corrientes desde la orilla hasta su centro. En sus aguas abismales barcos y personas hundidas no se veían jamás. La montaña más alta de la tierra estaría inmersa completamente por ella. Habían probablemente formas de vida nunca vistas, geologías y formaciones oceanográficas nunca descritas. Sus propiedades en la obscuridad absoluta y sus presiones aplastantes la convertían en un verdadero enigma. Era el punto más profundo en el Océano Atlántico.

Así cavilaba Abuelo Depájaro mirando las olas.

Yesnadel no era extraña al amor. Se entregaba completa en una pasión flamígera y total. Carecía de grados intermedios y su despliegue sexual no tenía barreras. Era intensa, sensual, desmedida, salvaje y no conocía límites en el amar. Su cuerpo escultural estaba acompañado por un desencadenar de huracanes y tormentas. Su excitación era un bólido de fuego y chispas, llegando a terribles cumbres de clímax y pináculos. No había tenido compañero desde que llegó a la isla. Conociendo su desenfreno era muy estricta y selectiva a quien le daba su corazón. La llama del deseo la consumía lentamente y sin perdón. Era en extremo púdica con sus amistades y no toleraba miradas libidinosas.

De noche la soledad lamía su piel y la melancolía la acechaba en las gavetas y detrás de las puertas. La tristeza la embargaba con su velo azul pegajoso. En esas horas nocturnas de asueto sentía un vacío en su existencia y se refugiaba en las páginas de su novela. Estudiaba la sintaxis y revoloteaba con las frases, las oraciones y los párrafos. Las letras bailaban y saltaban en su danza de combinaciones y permutaciones haciéndole burlas y travesuras desde su espejismo. La trama seguía incontrolable con los personajes dictando las pautas. La acción se movía por rumbos insólitos e inesperados sin consideración a Yesnadel.

El acorazado norteamericano podía llegar en cualquier momento a las Antillas.

El alférez Antonio Vietri fue a la usual visita con Abuelo Depájaro. Lo encontró inspeccionando la obra en la catedral y los trabajadores que eran de su alta confianza. Eran personas que él había ayudado múltiples veces. El obispo había visto los arreglos y se había marchado muy complacido y agradecido. Los planos originales y los nuevos estaban siendo comparados.

El alférez Antonio Vietri trajo su libro voluminoso de diario. Tenía todo apuntado con lujo de detalles. Las pistas estaban subrayadas en rojo y los eventos incluidos contenían sus opiniones y pensamientos. Abuelo Depájaro tomó el libro y en las páginas del centro recortó un molde exacto de la llave de ausubo. Indicó que esta era la tercera pista al misterio. La llave debía mantenerse escondida en el comportamiento secreto de la estatua ó en el volumen una vez concluido su diario.

No tenía idea de que se trataba el secreto ni donde se encontraría la solución al acertijo importante. Pensó en la codicia de algunos seres humanos y todo lo que harían por conseguir acceso al misterio si este tenía gran valor. El no albergaba grandes ambiciones al dinero ni al poder. Solo le interesaba hacer las cosas correctamente y lo demás que se lo llevara Baba Yaga y la bruja de Agnesi.

El alcalde Pánfilo González se dirigió a la fortaleza por el ruido de las detonaciones, el temblor, las vibraciones y la reverberación que llegaban al ayuntamiento debido a las prácticas de tiro de fuego pesado y simulacros de ataque.

La fortaleza era una esplanada muy larga con piso de piedra y veinte piezas de artillería frente al Atlántico. Los cañones disparaban en secuencia de dos en dos para que el fuego fuera continuo y sin interrupción. Los artilleros eran muy rápidos y recargaban las municiones efectivamente todo el tiempo.

La entrada a la fortaleza era un portón alto de acero guardado por centinelas. Había escalones en una mitad para los soldados y en la otra mitad una rampa para movilizar la artillería y añadir piezas, municiones y equipo. A los lados del portón había dos leones de mármol acostados como símbolo de ferocidad y realeza. Al otro extremo de la fortaleza y su balaustrada de cara a los dos ríos, había una práctica incesante de tiro al blanco con rifles y pistolas.

El alcalde Pánfilo González sintió miedo y preguntó si había alguien que quisiera vacaciones. Se le indicó que era imprescindible mantenerse en alerta y preparado para una inminente invasión y le regalaron esferas de cera para los oídos que podía usar en el ayuntamiento. El entonces volvió a retroceder en sus pasos y se dirigió al casino prontamente para no enterarse de las noticias de la capital.

Yesnadel camina sola de noche. Se envolvió demasiado con su investigación en la biblioteca. Creyó sentir pasos a sus espaldas. Pensó que la estuvieran siguiendo. Detestaba a los obsesivos que paseaban el frente de su casa, que la acechaban a cada paso, preguntaban sobre ella a sus amigas, dejaban cartas en el buzón, escribían su nombre en las paredes y la miraban de arriba abajo cuando pasaba. Solo dejaban de importunarla cuando ella los confrontaba.

Miró hacia atrás y no vio sombras ni personas. Apuró su andar y no volvió a oir ningún ruido. Había luna creciente disipando la obscuridad a medias. Las tinieblas se esfumaron del todo cuando llegó a los faroles que estaban siendo encendidos con pebeteros. La patrulla de vigilancia se acercó a ella y le preguntaron si todo estaba bien. Ella les comentó que creía haber oído pasos detrás de ella. Investigaron pero no vieron nada. Le aconsejaron que no saliera de noche sola. Fue escoltada a su casa por los guardianes.

Ya en su habitación revisó sus apuntes y leyó las noticias. El acorazado norteamericano había anclado en las Antillas.

El alférez Antonio Vietri en lo onírico. Los cañones rugían con lenguas de fuego que explotaban como mil cabezas de gárgolas y las llamas enrojecían el horizonte con las bombardas y en la lontananza el mar se encendía en pedazos y las orillas se colmaban de muerte atrasada con alaridos agonizantes que dividían las aguas en caracolas gigantes y entonces la fuente del patio servía de bautizo a las nereidas mojando su desnudez refulgente mientras las azucenas y los geranios brillaban con sus pétalos y su perfume las odaliscas bailaban y señalaban a un cuerpo bello que no enseñaba su cara de timidez su antifaz se acercaba a la vez que alejaba haciendo señas de silencio que hechizaban y mesmerizaban su identificación y su invitación con la sensación tibia del deseo y la añoranza del placer sueño y su germinar alegre tras los muros de ladrillos llevando hiedras y flores de lo prohibido en arcoiris de zenit y nadir sin el pesado plomo de la culpabilidad y la negación de la complacencia ahora fulgor ahora erupción sin lindes vedadas ni fontanelas ocultas del fluir sin tiempo y de retozar con el desdeñar y el coqueteo de entregar y con eso el volver al despertar.

Así soñó el alférez Antonio Vietri.

Abuelo Depájaro filosofa.

Y qué de la vida. Lo que somos, lo que fuimos, lo que seremos. Las coincidencias no existen, hay una razón para todo aunque no podamos entender. El universo tiene sus propias leyes. El dolor nos asedia, nos comprime en su indefectible caminar. Se resbala por los intersticios y llena los resquicios y las grietas del vivir. Se nos presenta con su difícil arrullo. Cuando creemos que lo comprendemos todo, sentimos la cosquilla fría en la bóveda craneal burlonamente deshaciendo la ilusión y echando por tierra nuestra solución fácil. Hay infinitos libros que nos indican el resolver del acertijo sin servirnos ni darnos la verdad acomodaticia. Decisiones y más decisiones. Que si el diletante con su Ygrasil, que si el Tao, que si el Zen, que si lo monacal, que si lo místico, que si lo hedonista, que si la sinagoga, que si lo musulmán, que si lo espiritualista, que si la mitología, que si la santería, que si los ritos tribales. La soledad mágica nos abruma. Solo nosotros podemos curarnos de la modorra y asumir la creatividad positiva. Solo la creación puede salvarnos.

El ruido mortificaba al alcalde Pánfilo González. El sonido llegaba por la conducción ósea a pesar del bloqueo auditivo por las esferas de cera. Las vibraciones lo hacían temblar y lo tornaban malhumorado. Como siempre cuando estaba sintiéndose irritable sacó del chaleco su leontina y su reloj de oro y abriendo su cubierta y con el tintineo se fue en una regresión de espacio y tiempo.

Había nacido en Madrid y era hijo único. Su madre murió unas semanas después de darle a luz. Su padre era alcohólico, lo dejaba sin comer y le propinaba zurras fuertes. La última le causó una concusión cerebral por la que estuvo inconsciente por un día. Fue rescatado por sus abuelos maternos y nunca volvió a ver a su padre. Comenzó en el seminario sacerdotal pero fue expulsado prontamente por su carácter feroz y agresivo. Aquí se encontró los dos caminos, la iglesia ó el ejército, las únicas opciones para alguien empobrecido. Empezó a emborracharse e hizo un reverso Stendhal del negro al rojo. En la academia militar se sintió como un pez en el agua y desató sus instintos salvajes. Al terminar fue trasladado a la guardia civil. Además de romper cabezas fue responsable de romperle el bazo a un hombre el cual murió, este era un espectador en un desfile y lo golpeó con el lado plano del sable estando embriagado. Fue amonestado y enviado a la isla como guardia civil español. Formó parte de la brutal guardia civil y los compontes, los elementos represivos de España.

Como recompensa por su labor fue nombrado alcalde de la ciudad. Allí su cuerpo no podía con el alcoholismo, y todo fue de mal en peor.

Yesnadel camina de noche sola. Otra vez se quedó ensimismada en su investigación en la biblioteca. Soplaba un viento frío y había luna llena. Las hojas secas se arremolinaban a sus pies. Iba absorta pensando en su novela. Apretó el paso sobre los adoquines. Las luces y las sombras bailaban frente a sus ojos. La calle estaba desierta completamente. No se veían ni se sentían las patrullas. Se apresuró aun más y trataba de caminar por el medio de la calle, pero esta se volvía más angosta teniendo ella que avanzar casi junto a las paredes. De pronto sintió una mano que le tapaba la boca sin poder gritar y un puñal con el filo en el cuello. Vio dos hombres enmascarados que la iban arrastrando hacia el callejón obscuro detrás de la abadía. Un golpe en la cabeza la dejó parcialmente aturdida. El segundo hombre la levantó por las piernas y la llevaron a la penumbra del pasadizo. Le rasgaron la ropa y cuando se disponían a desnudarla ella le propinó un golpe con el codo en el abdomen del asaltante llegándole al plexo solar. Al mismo tiempo aprovechándose le mordió la mano y le dio una patada al otro hombre deshaciéndose de ellos. Súbitamente sonaron dos disparos que dieron en el pecho del primer asaltante matándolo instantáneamente. El alférez Antonio Vietri sacó su sable y arremetió contra el segundo cortándolo en el cuello y cercenándole la yugular, las carótidas y la laringe, no sin antes ser herido por el puñal de este en el lomo izquierdo. Envolvió a Yesnadel con su capa y ella temblorosa y lívida lloraba. La calmó y la alejó de allí. No quería dejarla sola y como todo estaba cerrado la llevó a su casa donde la sentó en su sala y le preparó un café negro tórrido y una copa de coñac. Esto la calmó y le dio calor. Ella percibió que su rescatador sangraba por el flanco izquierdo. Él no le dio importancia y la escoltó a su casa. Consiguió un guardián y lo mandó a proteger la residencia de Yesnadel. A todo esto habían establecido una conversación amena y amigable consiguiendo que esta se restaurara dejando de temblar y llorar. Ella le dijo, al él inquirir, que no estaba herida. El volvió sobre sus pasos y llegó hasta los cadáveres sangrientos. Les quitó las máscaras comprobando que eran los dos violadores que buscaba. Fue a la guarnición donde hizo un reporte muy detallado del ataque. Retornó a su casa donde se encontró con Abuelo Depájaro que había aparecido de la nada. Este examinó la herida y lavola con alcohol de caña. Luego acercó los bordes cosiéndolos. Le aplicó una cataplasma de sábila. Lo mandó a permanecer acostado y a beber un concentrado de cocoloba uvicífera de la uva playa usada por los taínos como remedio a la deficiencia de hierro por sangrado.No pudo dejar de pensar en Yesnadel y por fin se quedó dormido.

Abuelo Depájaro contemplaba su maqueta a escala de los túneles subterráneos. Le demostraba a los sacerdotes el intríngulis del sistema por si lo necesitaban como salvoconducto. Luego los llevó a la construcción terminada para enseñarles como activar las compuertas. Les explicó sobre las fuerzas hidraúlicas que activaban el complejo. Abrió las dos entradas laterales con las palancas y les indicó su conexión a las residencias, la fortaleza y la playa. Ellos se despidieron muy impresionados y fueron a la casa parroquial al lado de la catedral.

Luego preparó una solución de láudano que contenía extracto de opio en alcohol, para llevársela al alférez Antonio Vietri que necesitaba mitigar su dolor. Se la llevó a su casa, examinó la herida y cambió los vendajes. A pesar del dolor estaba cicatrizando bien y en unos días podría estar activo.

Retornó a la catedral y comenzó a destilar fraccionadamente el alcohol de la melaza fermentada y a eliminar los congéneres que causaban naúseas, dolor de cabeza y resaca. Después del destilado comenzó a preparar fuego griego de la pólvora con mucho cuidado. Prosiguió a traducir unos escritos del latín y luego fue al órgano a tocar partituras. Después de relajarse continuó sus estudios ópticos de cámara obscura y daguerrotipos con sales de mercurio formando fotografías color ladrillo. También utilizaba placas de nitrato de plata con mejor resolución y mejores fotos. Más tarde restauró unas pinturas del via crucis y terminó una estatua ordenada. De nuevo buscó en el tarot y la cartomancia. Casi todas las cartas en la cruz celta eran de la arcana mayor, o sea, fuera del control humano. En el porvenir cercano era la guerra y la fuerza bruta de la carroza y en la conclusión la baraja número XIII, la muerte.

Era el 15 de febrero de 1898 y habían hundido el acorazodo norteamericano en un puerto de las Antillas.

En la duermevela y obnubilado por el laúdano el alférez Antonio Vietri cabalga esta noche a la grupa de El-Feral. Helo aquí que viene saltando montañas y brincando montes, bebiendo ríos y sorbiendo arroyos, mordiendo valles y masticando praderas. Helo aquí que camina sobre el mar y juega con las olas, busca en la arena y araña la luna, absorbe el reflejo de brillantes y suspira joyas, besa diamantes y ópalos, arrulla el viento y despierta la brisa, enciende relámpagos y entona truenos. Helo aquí que sus cascos crean pedernales y la crin flores, y los ojos fuego. Las coces rompen silencios y los pasos bailan con los astros, la silla mueve canciones y transporta melodías. Los estribos corren alas y vuelan leguas. Helo aquí cuyas pisadas crean chispas y amansan rayos, tocan frutos y acarician pétalos, trazan veredas y alumbran caminos, parten las aguas y juntan la espuma, acicalan yerbas y enderezan los árboles, ruedan pendientes y salpican rocíos. Helo aquí quien cristaliza los sueños y plasma el futuro, quien sana los rasguños y bendice la fortuna, quien proclama los besos y condensa los abrazos, quien establece la paz y reafirma la tregua, quien cultiva la existencia y concientiza el vivir. Helo aquí campeando la tierra y bruñiendo el sol, purificando la esencia y frotando la verdad, deshaciendo la mentira y llevando las consignas, derritiendo la soberbia y fortaleciendo la mansedumbre, esgrimiendo la valentía y descrubriendo el valor, abrazando la vida y culminando el ser. Helo aquí.

El alcalde Pánfilo González bajó al sótano y buscó en su cava un jerez amontillado color ámbar. Descorchó la botella y se sirvió en una copa de cristal fino europeo. Bebió a sorbos cortos y continuos. El secretario lo interrumpió para darle dos notificaciones. Una que habían llegado dos barcos de comercio escoltados por un crucero dado los tiempos bélicos. Había cabida para una persona viajar a España pero solo podía viajar con sus mudas de ropa y sin joyas ni alcohol. Dos, se le informaba de los sucesos de los violadores la noche antes y el ataque mortífero al alférez Antonio Vietri quien estaba en cama por la herida. Si escribía una carta a los familiares esta podía ser enviada por los barcos de regreso a España.

Optó por no alejarse de su tesoro y decidió escribir la carta. Ordenó que le trajeran una de las copias de papel carbón de la guarnición con el reporte. Una vez recibido el documento le dictó al secretario la carta a las familias de los criminales. Envió esta con la copia de la guarnición.

Los barcos traían exportaciones de alimentos, medicinas y materiales de construcción. También habían llegado cuatro barcos escoltados a la capital. Esto había disminuido la carencia causada por la disminución de la navegación comercial y le subió la moral al pueblo. A pesar de la preocupación de todos, él continuaba pensando que no iba a pasar nada. Volvió a su botella de amontillado.

Yesnadel tocó a la puerta del alférez Antonio Vietri. Este le abrió con alguna dificultad. Ella traía su capa limpia y un caldo de gallinita criolla hirviendo y rezumante. El lo tomó y se sintió caliente y con vigor. Ella traía un hematoma en la cabeza del golpe recibido. Le preguntó a él como se sentía a lo que le contestó que mucho mejor. A su vez él le preguntó a ella como estaba. Ella replicó que muy bien. Ella le dio las gracias efusivamente por haberla salvado y le prometió hacer todo lo que estuviera en sus manos para ayudarlo. El, bajo algún efecto del láudano le parecía algo fantasmagórico y surreal dado que había tenido que usarlo en la noche por el dolor intenso. No sabía si era real lo que estaba sucediendo ó un fragmento de su fértil imaginación.

Ella le habló de literatura y la novela que estaba escribiendo y él le contó sobre las novelas francesas y sobre la poesía europea. Descubrieron que ambos tenían los mismos gustos y estuvieron compartiendo toda la mañana. Ella le agradeció también el oficial guardando su casa. Le preparó un café fuerte y él se dio cuenta que era más real lo que estaba sucediendo al tomarlo lentamente y saborearlo completo. Abuelo Depájaro entró con su llave de la casa e inquirió por su salud y la de ella. Después de cerciorarse que ambos se encontraban bien examinó la herida de él y el hematoma de ella. Encontró que todo estaba en orden. Cuando Yesnadel no miraba Abuelo Depájaro le hizo un guiño de ojos a él. Se despidió dejándolos más tranquilos y sosegados.

Yesnadel le pidió otra copia de la llave para cuidarlo y alimentarlo bien en los próximos días a lo cual el accedió. Ella bajó al patio y quedó maravillada de lo mágico de la fuente, los geranios, las orquídeas y las azucenas. El jardín estaba muy bien cuidado. Recortó algunas gardenias que arregló en una vasija y las llevó a la habitación. El aroma permeaba toda la casa.

Se despidió de él y le indicó que retornaría la mañana siguiente. Ambos se sintieron muy felices y exaltados.

Abuelo Depájaro posó su mano por el abdomen de la joven con el vientre grávido. Anunció contundentemente que sería niña cerrando los ojos y concentrándose. Nunca fallaba. Había vaticinado hasta gemelos idénticos y fraternos. Volvió a su cueva de cristal y comenzó a hacer cálculos con un ábaco inventado por él y muy complejo. Podía calcular raíces cuadradas y números imaginarios dándole la fuerza al rotar una manivela. Prosiguió buscando las distancias usando la triangulación de las partes y encontrando las potencias envueltas. Escribió las ecuaciones en sus cuadernos acompañado de dibujos describiendo las formas. Computó la intensidad y frecuencia de los sonidos del campanario y detalló los planos de un carrillón. Estudió las alas y el volar de las palomas usando la anatomía comparada de otras aves. Su intención era inventar una máquina voladora sostenida e impulsada por el viento. Aplicaba las leyes de la mecánica de Newton y su cálculo diferencial e integral, también desarrollado por Leibnitz, para impulsos y aceleración infinitesimal. Conocía la relación de la temperatura, el volumen y la presión. Utilizó la expansión del vapor aumentado por el calor aplicándolo en el mover de los motores.

Luego se fue a la orilla del mar para meditar y ponderar. Dejó descansar su mente y se remontó a los trances metafísicos y al placer de la relajación. El batir de las olas lo mesmerizaba y el aire salado lo vigorizaba. Su espíritu se proyectaba a otros planos de la inspiración.

El alcalde Pánfilo González fue a visitar al alférez Antonio Vietri. Como siempre lo que traía eran problemas. Pensaba que la mejor decisión era no decidir. Preguntó que hacía con los impuestos cobrados. La capital clamaba por ellos. Se le recomendó que los funcionarios mandaran la mitad y guardar el resto para los gastos de la ciudad. Inquirió sobre las maniobras de guerra y sobre la casi ley marcial que imperaba. El le contestó que tenían que estar preparados para una invasión en cualquier momento y que lo instaba a que se preparara para esto. El alcalde no le creyó. Pensó que todo esto eran papanatas y no tenía intención de cambiar sus hábitos. Cuando preguntó por el atentado, él le dijo que los criminales habían tratado de matar a Yesnadel y a él. Tuvieron que defenderse de las intenciones asesinas. De todas formas los detalles minuciosos estaban en el reporte de la guarnición y todo estaba en orden. Consultó si el conocía de la posible llegada de un barco de pasajeros a la isla. El le contestó que solo habrían barcos comerciales escoltados por buques de guerra y que en ningún momento se vislumbraba la llegada de barcos de pasajeros.

Luego volvió al ayuntamiento, fue a su cava y buscó una botella de clarete de Burdeos. Luego de terminarla se quedó dormido. Dentro de sus pesadillas soñó que un sifón gigante se tragaba todo su dinero y sus joyas mientras Abuelo Depájaro observaba sin hacer nada. También soñó estar metido en la cárcel por ladrón.

Yesnadel se sentía distinta. Exudaba alegría por su piel. El olor y color de las flores eran más agudos, el cielo era más azul, el mar era más imponente, el canto de los pájaros era más melodioso y melifluo. La música tocaba todos sus sentidos. El tacto era más sensual. Hablaba y se reía a solas. No entendía estos cambios. La seguridad con que escribía su novela era más positiva. Daba largas caminatas por los campos y playas entonando canciones. Se sentía rejuvenecida y optimista. Las poesías la inebriaban y las novelas de amor la arrullaban. Los problemas desaparecían y se resolvían solos. Era como si caminara por las nubes. Por las noches miraba los astros sobrecogida. La luna le hacía señas y el sol le sonreía. La vida era plena y el vivir era una sorpresa. Todo le hacía sentido y descartaba todos los misterios. Parecía como si hubiese renacido. Veía su vida pasada como una gran preparación para el presente. Inspirada escribió poesías en su cuaderno. Todas las cosas conspiraban para hacerla feliz. El céfiro entonaba canciones en sus oídos. Las olas bailaban a sus pies. El rocío bañaba su cuerpo. Las mariposas celebraban su libertad. En su mente solo pensaba en el alférez Antonio Vietri.

El alférez Antonio Vietri fue examinado por Abuelo Depájaro. Todo iba mejorando. Hablaron en francés y prosiguieron la partida de ajedrez. Abuelo Depájaro notó que él no se estaba concentrando y le preguntó que le pasaba. Le contestó que él desconocía la razón pero que los últimos días su mente divagaba todo el tiempo. Pasaba las horas sentado fumando sus pipas de brezo y merschaum. No quería confrontar los problemas rutinarios y del diario vivir. Sentía relámpagos en su pecho y se había tornado olvidadizo. Miraba las gardenias y se extasiaba en su perfume. Sus sueños eran intranquilos y se mantenía alerta a cualquier sonido en las escaleras. Se vestía pulcramente y elegantemente como si esperara visita a cualquier hora. Apenas comía y lo único que tomaba era café. Nunca antes le había ocurrido esto. Solo las novelas francesas le ocupaban el tiempo y le acompañaban en el insomnio. Se obsesionaba mirando los atardeceres y amaneceres. Era un delirio de locura por lo que estaba pasando y no le encontraba solución posible. Se imaginaba tramas y situaciones analizando como actuaría si surgían. De nada valía el raciocinio ni el sano juicio. Las horas pasaban pesadas y graves en larga espera. Solo vivía de las memorias recientes y las esperanzas del porvenir. El pasado era un verso perdido en el poema de la vida. Absolutamente todo gravitaba alrededor de Yesnadel.

Abuelo Depájaro discurría. Homo Sapiens. Somos género y especie, fauna y biología del planeta. Todo lo que producimos y hacemos es parte de la naturaleza. Lo artificial no existe. Los monumentos, las construcciones, las pociones, las medicinas, los puentes, la química, las cosechas, los cañones, las represas y todo lo que afectamos es natural. Es soberbia y egocentrismo sentirnos fuera del entorno. Somos parte integral del ambiente. Las leyes de la tierra son las mismas para todos. La ciencia nos abraza y nos lanza al construir, al destruir, al curar, al matar inmutablemente. Es solo un instrumento más en nuestro quehacer. Es solo un medio no un fin. No conoce la moral ni los principios. Eso le toca a quien la blande y la aplique. Nos da un recurso sin enunciarnos su uso y sin obligarnos a un propósito. Nos salva y nos quita la vida y todas las gradaciones entre medio. Lo que debería ser la ética es lo que debe ser su uso. Todas las alternativas son las mismas que las del ser humano. La decisión no es siempre fácil, defendernos ó agredir y donde termina uno y comienza el otro. El buen juicio debe prevalecer siempre frente a las circunstancias. Todo lo bello y lo terrible que somos, dado el inconsciente colectivo, es lo que se decide hacer con ella. La ciencia es neutral y nos ofrece la responsabilidad de usarla bien. En fin eso es el hombre. Homo Sapiens.

El alcalde Pánfilo González vertió la absenta chartreuse brillante sobre el terrón de azúcar en la rejilla que estaba sobre la copa. Quiso quitarle algo del sabor amargo. Sintió el trago ardiente bajar a su estómago. Empinó la copa entera. El ajenjo lo hizo alucinar. Vio a la diablesa blanca de los ojos verdes, hermosa y lujuriosa. Se le acercó enardecidamente y él sonrió. Cuando le tocó su cuerpo se transformó en súcubo feroz que lo castraba de un solo corte. Sintió un dolor excruciante y vio un cuágulo obscuro donde estaba su genitalia. La sangre brotaba a borbotones cubriendo totalmente el suelo. Quiso gritar pero ningún sonido salía de su boca. Al mismo tiempo una música infernal de fondo retumbaba en sus oídos. De pronto un íncubo lo comenzó a golpear con un madero en la cabeza y el abdomen aumentando aun más su dolor. Se derrumbó pero el íncubo proseguía golpeándolo y pateándolo. Más sangre tibia le corrió por la frente. Sintió un vórtice que lo atrapaba y aspiraba a otra obscuridad. Un coro de brujas lo arañaba en la noche. Lo arrastraron al aquelarre. Seguía tratando de gritar pero no podía. En el centro había un caldero hirviendo, y tres brujas que lo abalanzaron dentro. El fuego ardía en cada poro y veía su cuerpo siendo cocinado y sentía un olor a carne cocida. Sintiose caer vertiginosamente. Se despertó a gritos en su cama cubierto de sudor frío.

El alférez Antonio Vietri ya estaba bien y se reintegraría al trabajo al día siguiente. Yesnadel tocó a la puerta. Traía manjares. Puré de apio y tocino. Langosta en mantequilla de guayaba y un souflé de níspero. Cenaron juntos. En la sobremesa postpandrial hablaron casualmente de la vida. El había confrontado la muerte muchas veces. Ambos coincidieron que había que vivir día a día y picosegundo a picosegundo. Un carpe diem ensalzado. Ser un sibarita del momento. Un epicurio de las circunstancias. El presente, pasado y futuro beberse en un solo trago. Un vistazo optimista al albedrío y la libertad. Defender la soberanía como gato panzas arriba. Negarle el tiempo a la guadaña. Vislumbrar los sueños y en una carrera demente atraparlos. Buscar el amanecer del sobresalto y las chispas de lo efímero. Correr multiplicando el brillo de las luciérnagas del porvenir. Deshacerse del lastre de lo blando. Cristalizar el momento de la substancia. Desnudarnos de lo banal. Arañar la felicidad de las paredes de estaño de la realidad. Librarse de la superficialidad de la decadencia chic, de lo epidérmico de la moda absurda. Tocar lo visceral de la independencia. Resaltar el grito existencial. En fin, los dos creían que la vida tan solo era un vano fantasma que mueve el viento entre un gran antes y un gran después.

Yesnadel prosiguió su novela. No era una novela histórica. Tenía un poco de todo, romance, acción, misterio fácil de adivinar. Tomaba libertades de autor con las fechas y el tiempo. Como un profesor de literatura le dijera: "Lo importante es la música de fondo". En este caso la melodía trasbastidores era el andamio social de los tiempos maravillosos y a veces borrascosos que la isla estaba cruzando en esos momentos. El volumen del escrito era relativamente corto pues ella era succinta y siempre iba a la médula de las cosas. Aprovechó para hablar sobre la existencia, la guerra, el amor y muchas cosas más. El libro estaba salpicado de datos eclécticos e inevitablemente elitistas. Los fantasmas de su mente la impulsaban a escribir. Era un exorcismo optimista del dolor de sus heridas emocionales. A ella no le importaba a veces ser diletante si el asunto se prestaba a la estructura de lo escrito. Sabía que los recursos literarios ya habían sido usados una infinidad de veces y su propósito no era innovar sino divertirse escribiendo. Tampoco anhelaba la posteridad y sus motivos eran el ser creativa y elegante sin el almidón formal. Quería ser honesta consigo misma y con el lector. Había muchas novelas con formas más iconoclastas genialmente escritas. Rechazaba el plagio aunque sus ideas podían haber sido inspiradas de múltiples afluentes de muchísimos ríos literarios. Al final lo que importaba era dar lo mejor de ella traducido a las letras. El alférez Antonio Vietri tocó a su puerta.

El 24 de abril de 1898 España le declara la guerra a Norteamérica.

El alcalde Pánfilo González calculaba matemátimente: Uno, ó sea, primero, ó sea después del cero y antes del dos. Dos, ó sea, segundo, ó sea después del uno y antes del tres. Tres, ó sea tercero, ó sea después del dos y antes del cuatro. Cuatro, ó sea cuarto, ó sea después del tres y antes del cinco. Cinco, ó sea quinto, ó sea después del cuatro y antes del seis. Seis, ó sea sexto, ó sea después del cinco y antes del siete. Siete, ó sea séptimo, ó sea después del seis y antes del ocho. Ocho, ó sea octavo, ó sea después del siete y antes del nueve. Nueve, ó sea noveno, ó sea después del ocho y antes del diez. Diez, ó sea décimo, ó sea después del nueve y antes del once. Once, ó sea decimoprimero, ó sea después del diez y antes del doce. Doce, ó sea decimosegundo, ó sea, después del once y antes del trece. Trece, ó sea decimotercero, ó sea, después del doce y antes del catorce. Catorce, ó sea decimocuarto, ó sea después del trece y antes del quince. Quince, ó sea, decimoquinto, ó sea después del catorce y antes del dieciséis. Dieciséis, ó sea decimosexto, ó sea después del quince y antes del diecisiete. Diecisiete, ó sea decimoséptimo , ó sea después del dieciséis y antes del dieciocho. Dieciocho, ó sea decimoctavo, ó sea después del diecisiete y antes del diecinueve. Diecinueve, ó sea después del dieciocho y antes del veinte.

Después de este gran esfuerzo mental el alcalde Pánfilo González se quedó dormido.

Abuelo Depájaro sintetizó en su laboratorio una gran cantidad de gelatina flamígera. Esta, mezclada con fuego griego potenciaba cientos de veces más la temperatura de la incineración y se aumentaba todavía más con el contacto del agua salada. Esto lo dotaba de una potencia inigualable. El efecto neto era una dispersión de las llamas llegando a un radio de cien metros del blanco. El fuego era de tal magnitud y fuerza que derretía el acero de los buques. Mandó a modificar el interior de los cañones en la punta con una superficie corrugada para cuando saliera el proyectil, cubierto de la mezcla nefasta, se incendiara con las chispas a modo de pedernal. Esta manera, aunque el proyectil no tocara la embarcación, a cien metros de distancia era letal para la línea de flotación del barco. También dañaría las hélices de rotación y el timón. Había declaración de guerra.

Llamó al alférez Antonio Vietri y le instó a que estuviera lista la ruta de escape para todos sus hombres. Le aconsejó que hubiese ropa civil disponible en los túneles para cambiarse a prisa del uniforme.

Le dictó para que escribiera en el diario rojo otras pistas: buscar el arcoiris, buscar la mañana y buscar el infinito.

Con guerra encima el alférez Antonio Vietri estaba electrificado. Mandó a hacer ejercicios de artillería. Se le ocurrió realizarlos de noche para ver mucho mejor las llamas de la mezcla de fuego griego y la gelatina flamígera. La luz generada era tanta que se extendía varios hectómetros con un radio de alcance de más de cien metros por cada proyectil. Alumbraban el mar como si fuera de día. El calor era infernal y grandemente intensificado por el agua de mar. El agua ebullía y se evaporaba creando una niebla maligna. La precisión de los cañones era tal que eran los cañones mas potentes conocidos.

Más que satisfecho dejó la noche atrás. Estaba enamorado y pensaba en Yesnadel de día y de noche. Tenía que resolver el enigma para saber a qué atenerse antes que perdiera la cordura. Decidió allí y ahora dejarle saber a Yesnadel sus sentimientos. Caminó por calles vacías con los adoquines chasqueando con sus botas. Deambuló y deambuló en la obscuridad tratando de poner su mente en orden. Sus pasos le llevaron al refugio de su casa. Recapituló en su pensamiento cada uno de los encuentros. Pensó que ella le amaba. Tenía muchas dudas pues en su experiencia sabía que había muchas mujeres que coqueteaban por coquetear fusilando a los que las tomaban en serio. Eran unas irresponsables de sentimientos. Cualquier cosa era mejor que la mordida de la duda. Con estos pensamientos se encaminó a casa de Yesnadel.

Yesnadel estaba en un "impasse" con su novela. Los personajes le reclamaban culminar el amor. Ella trepidaba. No creía en el pudor extremo e hipócrita pero no quería ser cruda, demasiado sutil ni gráfica. Decidió usar el camino más difícil tomando algo de los tres. El sexo era demasiado importante para omitirlo.

Estaba sumida en estos pensamientos cuando sonó la aldaba de hierro de afuera. Era el alférez Antonio Vietri. Lo mandó a pasar a la sala. El estaba pálido y lívido. Escuetamente y sin preámbulos le dijo que la amaba. Ella se quedó callada pero le brillaron los ojos. El la besó en la boca y la ciñó a su cuerpo. Ambos se abrazaron estrechamente sintiendo cada uno su alma palpitar. Ella lo llevó a su alcoba. El la desvistió lentamente. Sus senos eran como duraznos maduros. Los acarició vehementemente y besó sus pezones. Ella reía de placer. La besó en la piel y llegó hasta el monte de Venus. Sintió el musgo de la entrepierna. Pronto estuvo dentro de ella. Ella suspiró apasionadamente. A él se le multiplicaron los sentidos. Ella estaba húmeda, tibia y receptiva. Experimentaron el clímax y los orgasmos prontamente. Así hicieron el amor toda la noche llegando a las cumbres de las cúpulas y los cimborrios.

El alcalde Pánfilo González se despertó. Su cerebro estaba dañado permanentemente en su biología, su química y su electricidad. Estaba aturdido y confuso. Pasaba por una concusión y confusión. Se miró al espejo. En su visión periferal vio su *doppelgänger*. Su doble en tal vez un universo paralelo. Su doble era elegante y bien vestido. El era casado y estaba con su bella esposa, sus hijos e hijas y sus nietos y nietas. Nunca había tomado nada de alcohol ni sicotrópicos. Era muy respetado por todos y había estudiado. Era profesor de artes marciales en un colegio de su universo. La aparición de un *doppelgänger* podía ser una manifestación de buena suerte ó de muerte por venir según la tradición. Ahora podía verlo en su visión periferal sin imagen especular.

En introspección examinó su vida. Se dio cuenta de los miles de errores que había cometido en su existencia. Ya no podía cambiar el tiempo ni dar marcha atrás. Solo le quedaba el presente y el futuro. Ante lo inevitable de su vida comenzó a tomar aguardiente. La aparición se esfumó en la nube de alcohol y solo le mostró un presagio. No podía dejar de emborracharse por voluntad propia. Parecía tener cristales triturados en su cabeza, pero estaba anestesiado ante el dolor y los recuerdos.

Abuelo Depájaro miró en su bola de cristal. Vio fuego y sangre. Vio barcos zozobrando en el Mar Caribe hizando bandera española. Vio cambio de bandera. Vio cambio de moneda. Vio un intento fallido de cambio de idioma. España dejaba la isla en analfabetismo, pobreza extrema y plagas de parásitos. La isla estaba enferma y con hambre. La ciudad había resuelto todos estos problemas gracias a las gestiones del alférez Antonio Vietri.

Abuelo Depájaro intuyó que aparte de la muerte lo único seguro en la vida era el cambio. El cambio es lo terrible y lo interesante. El cambio despedaza lo acomodaticio y nos pone en jaque. El cambio es lo sincopado e incierto de la duda. El cambio evapora el atavismo y la costumbre. El cambio pulveriza la rutina y nos hace más individuos. El cambio nos mejora y nos duele pero nos hace más felices y más humanos. El cambio nos libera de lo estancado y nos lanza a lo fluído de la ansiedad. El cambio nos reta y nos pone en entredicho con nuestros cimientos. El cambio es metamorfosis, es lo incógnito y lo agridulce del vivir. El cambio nos transforma y nos calcina por dentro. El cambio es un rayo en medio de la cabeza de lo cotidiano. El cambio a veces es resbaladizo y traicionero. El cambio nos acecha detrás de las puertas. El cambio es lo volátil de la inspiración y lo que nos sorprende como conejo sacado de una chistera. El cambio es cambio, es cambio y es cambio. El cambio, al final, es la gran pregunta y basta.

El alférez Antonio Vietri caminaba por las nubes. Paseaba a solas por las playas con el yodo y la sal. Se perdía en las riberas recapitulando los sucesos de los últimos días. A pesar de lo apremiante de la situación rebosaba de felicidad como nunca. La brisa marina jugueteaba con su cara mientras los alcatraces se zambullían tras los peces. Su vida era Yesnadel. Podía haber muerto en esos instantes y aun sería feliz. El alma le hacía cosquillas y el espíritu lo pellizcaba. Se dirigió a la fortaleza. Inspeccionó las compuertas que había ordenado construir. Estaban sobre ruedas en la balaustrada. El propósito era ocultar la artillería de cualquier vista desde el Océano Atlántico. El efecto era sorprender los barcos enemigos que pensaban que la fortaleza no estaba armada. Abuelo Depájaro había instalado unos artífices a modo de mortero que ayudaban a fijar el blanco disparando más lejos y después más cerca. Apuntaban el ángulo de elevación. Luego disparaban en el medio de ambas distancias atinando a los invasores. La fortaleza era invencible.

Yesnadel exudaba felicidad. Reflejaba un aura resplandeciente de alegría. Los ojos le brillaban como dos estrellas fugaces. Una paz sosegaba su alma y un sentido de plenitud arrullaba su ser. Todos los problemas se desvanecían y todas las dudas tenían respuestas. De eso se trataba el amor correspondido.

Fue al colegio. Las alumnas le hicieron notar lo diferente que estaba. Estudiaban el Quijote. Enseñó que hay que aspirar a lo más alto sin perder el equilibrio telúrico. Lo más inaccesible se puede cristalizar en realidad. Las penas pueden claudicar y hacer feliz al corazón. La niebla del temor se esfuma frente al conjuro de las galaxias. Cuando los sueños tocan a la puerta traen la exquisitez del existir. La locura es a veces la sabiduría. Discutió esto y mucho más con sus alumnas.

Retornó a su casa. Su novela tomaba un giro positivo a pesar de los acontecimientos en la ciudad. Sus personajes estaban llenos de confianza y optimismo. Las ideas le fluían a borbotones. Hilvanaba la trama como una alfombra arábica. Estaba esperanzada de que sus escritos tuviesen valor literario. Se esmeraba que la trama fuese coherente y que la narrativa se plasmara con los elementos congruentes de piolines y marionetas. Estuvo muy satisfecha con el progreso y pasó a otros pensamientos.

El 25 de abril de 1898 Norteamérica le declaraba la guerra a España.

El alcalde Pánfilo González se sirvió ron destilado en la ciudad. El ron no tenía congéneres amortiguando algo la resaca. Lo mezcló con agua fresca de coco.

No le importaba la isla y no le importaba la ciudad. Estaba irritable, iracundo y asustado. Envió otro telegrama a la capital pidiendo pasaje para España. Continuaba la falta de barcos de pasajeros.

Se fue malhumorado al casino. Todo el mundo hablaba de la situación bélica. Nadie tenía una solución real. Los rumores y las especulaciones corrían a rienda suelta. Todos tenían una opinión distinta y los ánimos estaban caldeados. Algunos habían preparado sus maletas y guardado en su equipaje las pertenencias más preciosas. Otros planeaban irse a sus casas de campo en las montañas. El pensaba quedarse en la alcaldía donde estaba cómodo.

Luego fue a pedirle consejos a una española de ascendencia rumana. Ella le tiró el Tarot. Veía un naufragio emocional y una tormenta situacional. También vio un letargo y un sueño como el avestruz con la cabeza en la arena. Iba a tener una gran pérdida de bienes y dinero. Le aconsejó a mantenerse informado de los acontecimientos pues lo veía arrastrado en una gran corriente de agua que arroparía la ciudad simbólicamente hablando. Los cañones seguían retumbando.

Abuelo Depájaro examinaba su colección de arañas e insectos. Tenía preservados mariposas, escarabajos, escorpiones, alacranes, ciempiés y tarántulas de todas partes del mundo. Primero los fijaba en alcohol absoluto. Luego los pegaba en un cartón poroso con un alfiler y entonces los enmarcaba en cristal. Su espécimen favorito era el de un guabá. Este era un arácnido que medía dos pies de diámetro. Lo capturó con una red en las cavernas de un pueblo cercano a la ciudad. El guabá se alimenta de insectos y lagartos pequeños. Salen por las noches en las cuevas. Atrapan su presa matándola con las patas delanteras muy afiladas que los perfora y luego la descuartiza con su boca. Cuando se sienten amenazados saltan hacia el peligro. Pican pero no tienen veneno. Poseen gran rapidez y escapan del campo visual casi instantáneamente haciendo muy difícil su captura.

Estaba ensimismado en la taxonomía cuando el alférez Antonio Vietri llegó para proseguir la partida de ajedrez. Se acercaba el final del juego. Uno tenía ventaja de material y el otro ventaja de posición.

Hablaron en francés. Había preocupación por los eventos y acontecimientos. Abuelo Depájaro le reafirmó que eran tiempos convulsivos pero si seguía sus instrucciones todo terminaría bien. La felicidad te ha caído encima le dijo. Consérvala. Es lo que más vale en la vida.

Hizo su próxima movida y jaque mate.

El alférez Antonio Vietri pensó en el dicho popular. Mala suerte en el juego, buena suerte en el amor. La suerte le había unido a Yesnadel. Conocía a muchos que se amaban pero el destino nunca los había ayudado. Se sentía agraciado a la última potencia. Era como si fuera un turbante que le cubría la cabeza.

Con este andamio emocional se dirigió a la fortaleza. Escogió ciento cincuenta hombres y los dirigió al camino de entrada a la ciudad. Los dividió en dos bandos iguales. Los apostó a ambos lados del cañaveral. Practicaron fuego cruzado. Lo importante era que coincidieran con el blanco sin que se dispararan uno contra otro. Los colocó para que dispararan en secuencia de cada lado cosa que siempre hubiese fuego sobre el camino. Los entrenó para que el sudor no les hiciera resbalar las armas.

Volvió a su casa donde se bañó con agua templada pero algo fría. Luego esperó antes que Yesnadel llegara a casa después de haber terminado de enseñar. Le llevó algunos tomos de la Comedia Humana traducidos al español. La colección que el tenía en francés era de más de veinte tomos. En la casa de ella la esperó sentado en la escalera.

Yesnadel encontraba su novela muy corta. Esto se debía a su estilo que siempre iba al meollo de las cosas. Salpicaba su trama con muchas disciplinas de las cuales era autodidacta y aficionada. Era muy estricta con la verdad y solo escribía sobre las cosas que tenía conocimientos. Era ecléctica y prestaba gran atención a los detalles. A pesar de su licencia de autora trataba de no caer en anacronismos. Por ejemplo, si hablaba de fotografía, explicaba que la primera cámara portátil fue introducida por Kodak en 1888 y era del tamaño de una caja de zapatos. Así siempre tenía referencias de los datos usados. Estaba influenciada por muchos autores pero nunca recurría al plagio consciente y surrepticio. Así pensaba cuando salía de la escuela.

Lo vio sentado en el escalón. Se besaron en la boca y se dieron un abrazo fuerte y estrecho. Le abrió la puerta y le dijo que tenía una velada preparada para él. Le preparó una cena opípara. Ensalada manchega salteada con queso de cabra, puré de apio, filete de ternera y bizcocho de mandarinas. Luego un cordial de mangó.

Yesnadel había estudiado el violín extensamente. Su abuelo materno que era casi un virtuoso al ver con la soltura y habilidad innata que desplegaba le dio clases de violín desde los ocho hasta los dieciséis años. Cuando fue a Barcelona a hacer su bachillerato tomó clases particulares con el gran violinista Lazlo Lozla. Al regresar a la isla su abuelo le regaló su violín Guarneri el cual había conseguido en subasta durante sus viajes a Europa y era la envidia de todos.

Tomó el Guarneri y de sobremesa comenzó a tocarlo. Empezó con la Sinfonía Melancólica de Tchaikovsky seguido de La Tarantella del Concierto número dos de Paganini. Finalizó con la Serenata Andaluza y la Fantasía de Carmen de Sarasate.

El alférez Antonio Vietri la miraba extasiado. Los ojos le brillaban de amor y de admiración sobrecogida.

Hicieron el amor hasta la madrugada.

Abuelo Depájaro reafirmó su sabiduría. La libertad es el destino de los pueblos. La libertad es la semilla que palpita, resurge y florece. La libertad es el lucero que atisba al azimuto de nuestra dirección en los caminos de la vida. La libertad está en el caminar alto hacia las cumbres. La libertad reina bien por dentro en los huesos y lo medular. La libertad nutre nuestros sentimientos más nobles. La libertad es la impenetrabilidad del diamante desnudo. La libertad es el amanecer del mañana. La libertad es lo resilente, lo inmanente, lo puro. La libertad es lo inexplicable, lo indecible, lo divino. La libertad fulmina lo blando, lo acomodaticio, lo mediocre. La libertad estará siempre con la presencia, la palabra y la esperanza. La libertad, estará aunque le arrojen mastines fieros.

La libertad resucitará aunque la entierren. La libertad confrontará siempre a la conveniencia. La libertad no se compra, no se chantajea y no se roba. La libertad está en lo rojo de la sangre, está en lo iconoclasta, lo jacobino. La libertad está a la izquierda como el corazón.

El alcalde Pánfilo González estaba en el casino. Empinó una copa de oporto rubí de Portugal. Era obsesivo del billar y el dominó en horas laborables. No era amigo de la baraja pues era tan tacaño que no apostaba. Cuando perdía se marchaba iracundo del local dejando a todos boquiabiertos. Su bebida favorita era el whisky importado de Escocia. Esta vez estaba ganando en el billar y el dominó. Su temperamento volátil estaba plácido. Citaba al Marqués de las Claras, a su manera, diciendo que a los jíbaros había que tratarlos con mano dura. Pensaba que los nobles de la ciudad eran débiles dándoles tantos derechos a los campesinos de los campos de la ciudad. Los días de la declaración de guerra pasaban sigilosamente sin señal de invasión. A pesar de los cañonazos desconocía la fortificación de la ciudad. Las semanas se escurrían aceitadas por los filos de los tiempos. Lo que era constante y sin mella era su consumo de alcohol. Gracias a la suerte no tenía a nadie que dependiera de él. Amonestó con imprecaciones a su compañero de dominó pues, según él, echaba a perder el juego. Era muy difícil adivinar lo que realmente quería de la vida. Proseguía su existencia libándole a Baco. Su alma estaba embalsamada. Aunque nadie lo quería ni lo respetaba había algunos de sus compinches que le tenían pena. No sentía ganas de hacer algo productivo. Lo volvieron a llevar al ayuntamiento borracho y soñoliento. Su presencia era un cero a la izquierda.

El alférez Antonio Vietri diseñó sistemas de alerta para avisar prontamente si se veían fuerzas enemigas. Subió al faro y dio instrucciones al vigía de echar sales de cobre a la llama para que se tornase verde si divisaba con sus binoculares buques acercándose. Esto tenía que hacerse de día y de noche para dar la alarma. Apostó personal en la fortaleza para mirar continuamente al faro todo el tiempo.

Luego posicionó soldados por ocho millas al lado del sendero que entraba a la ciudad. Estos soldados estarían día y noche como una cadena usando de día un relevo de espejos utilizando la luz del sol prontamente para informar de tropas enemigas. De noche usaban espejos más grandes. Esta vez usarían antorchas potentes resistentes a la lluvia y el viento, empleándolas como fuentes de luz. Este sistema se utilizaría también si estaba nublado. Trataba de comunicarse por telégrafo con la capital para mantenerse informado. La capital no se molestaba en contestarle. Esta ciudad era autosuficiente pero olvidada.

Yesnadel repasó en su mente todos los eventos del 1898 que servían de música de fondo a su trama.

El 15 de febrero destruyeron el acorazado Norteamericano en las Antillas. Esto fue perpetrado por personas desconocidas.

El 27 de marzo hubo elecciones generales donde se establecería un gobierno autónomo y soberano sin intervenciones de España.

El 24 de abril España le declara la guerra a Norteamérica.

El 25 de abril Norteamérica le declara la guerra a España.

El 1 de mayo Norteamérica destruye la flota española en las Filipinas.

El 17 de julio Norteamérica destruye la flota española en las Antillas.

El 21 de julio el gobierno liberal y autonomista de la isla comienza a funcionar en pleno.

El 25 de julio Norteamérica invade la isla con 18,000 hombres.

Esto la trajo al presente 27 de julio de 1898.

Abuelo Depájaro recogió y empacó sus pertenencias esenciales. Puso en orden sus pinturas, sus dibujos, sus bocetos, sus fórmulas y sus cálculos. Se preparaba para un viaje en el futuro cercano. Su misión allí estaba por concluir.

Se cercioró de que tenía suficientes ropas civiles en el túnel secreto que llevaba a la fortaleza. El propósito era que los soldados cambiaran sus uniformes evitando ser capturados.

La última comunicación con el gobierno central dos días antes anunciaba que Norteamérica había invadido la isla por una bahía en el suroeste y otra en el sureste insular. Capturaron las ciudades del sur y se dirigían a la capital con 18,000 tropas.

El gobierno en pleno de la isla, autonómico y soberano, solo existió por cuatro días. Los trabajos se suspendieron debido a la invasión. La ocupación duraría mucho más de un siglo.

La ciudad estaba aislada. Los alambres telegráficos estaban cortados. No se conocían las directrices de la capital. Un correo a caballo fue enviado pero nunca regresó. Mientras tanto la gente permanecía en sus casa. Parecía un pueblo fantasma.

Abuelo Depájaro tomó la llave secreta y la escondió a los pies de la estatua del santo.

El alcalde Pánfilo González saboreó una sangría hecha con jugos frescos. Padecía de un sueño y un sopor continuo. Pasaba el tiempo durmiendo. El temblor de las manos se le había agudizado. Por fin se dio cuenta de que sus días como alcalde estaban contados. El nuevo gobierno ó quien fuera nombraría otro alcalde. Por primera vez se encontraba completamente solo y desamparado. Sentía una nube de melancolía. Lo blanco de sus ojos se había tornado verde amarillento. No le apetecía nada. Estaba afónico y tomaba recetas de arbolarios y yerbajos. Trataba de respirar aire puro. Repasaba su vida y encontró que en ella no había nada de honor. Creía que todo era señal de poco amor. Esperaba en zapatillas lo que la suerte le deparara. Sabía que lo harían responsable de lo que pasara en la ciudad. Su desconcierto no tenía remedio. Se hundió con la pena, casi moruno, porque la pena tiñe cuando estalla. Era un hombre más apenado que ninguno. La soledad mágica lo arropaba. Recordaba su primer amor. Entonces estaba lleno de esperanza y el mundo le pertenecía. Ahora se encontraba viejo y solo.

El alférez Antonio Vietri miraba el amanecer del 27 de julio desde la fortaleza. Estaba consternado de lo imbricada que era la situación. No sabía ni el donde ni el cuando de la invasión. El faro brillaba con su luz amarilla naranja. Todos estaban en alerta máxima.

Dos cruceros y un acorazado norteamericanos habían sido enviados desde el sur de la isla a patrullar la costa norte. Estos ya se encontraban en el Atlántico. Al mismo tiempo una fuerza de ochocientas tropas norteamericanas habían sido enviadas a la ciudad. La invasión sería por tierra y por mar. No esperaban encontrar ninguna resistencia.

El vigía del faro de pronto divisó con sus binoculares los dos cruceros y el acorazado. Inmediatamente añadió el sulfato de cobre a la llama. La luz del faro ahora estaba verde. El alférez Antonio Vietri y el centinela lo vieron a la misma vez. Esperaban que se acercaran un poco más. Los cañones de Abuelo Depájaro tenían la ventaja de que poseían mayor alcance y precisión que los de los barcos. El contingente naval soberbio y confiado se acercaba a la costa.

Súbitamente abrieron las compuertas e inmisericordes los cañones comenzaron a disparar en serie consiguiendo un fuego continuo sin pausa. Los barcos sorprendidos trataron de devolver el fuego pero sus tiros apenas llegaban a la orilla sin tocar la fortaleza. Los cruceros y el acorazado recibieron explosiones directas múltiples veces. El fuego griego y la gelatina flamígera causaron la destrucción de las cubiertas y los motores. La propiedad de aumentar la incandescencia con el agua de sal causaron que el agua se incendiera derritiendo los timones y las aspas de los motores. El calor fundió el acero de las líneas de flotación perforando y haciendo que los barcos hicieran agua rápidamente. Los marinos saltaban por la borda pero eran carbonizados por el fuego intenso. Los que se escapaban de esto eran arrastrados por las inmensas corrientes marinas ahogándose. El no tener propulsión y el estar semihundidos causó que el acorazado y los dos cruceros fueran llevados a los abismos marítimos de la fosa hadal de Brownson donde se hundieron sin dejar rastro.

Después de la batalla naval el alférez Antonio Vietri intuitivamente dirigió su atención a la defensa de infantería. Se desplazó al camino principal de entrada a la ciudad. Esperó pacientemente alguna señal de tropas enemigas. Tenía trescientos soldados apostados en los cañaverales a ambos lados del camino.

Los centinelas escondidos en la maleza, al mediodía, avisaron el avance de las tropas enemigas norteamericanas. Dieron rápidamente la señal con el relevo de espejos.

Esperaron con paciencia y táctica a que el enemigo se encontrara en el medio de las líneas de fuego. Los dos pelotones de españoles, criollos y descendientes de esclavos liberados abrieron fuego. Los invasores estaban desprevenidos para esa resistencia y se vieron atrapados por los disparos cruzados. Fueron aplastados y ninguno sobrevivió.

El alférez Antonio Vietri envió a todos a la fortaleza.

Todos estaban bien. Solo unos pocos tuvieron rasguños superficiales. Fueron atendidos prontamente y efectivamente. Se mantuvieron alertas a un contraataque.

Llegó el mensajero a caballo. Se había retardado un día completo. Tuvo que llegar por caminos vecinales evitando caer prisionero. El mensaje de la capital ordenaba a no prestar resistencia. Con estas órdenes y conociendo lo vengativo que iba a ser el enemigo quiso salvar a su gente. Aunque estaba presto a luchar hasta el último hombre, las directrices de la capital eran que capitulara. Ante esta situación tenía que dispersar sus soldados para no ser tomados presos. Todo había sucedido como Abuelo Depájaro había vaticinado.

Como sabía que el tiempo era corto antes de que los refuerzos del enemigo llegaran, no quería dejar rastro de sus soldados. No quería testigos por el bien de los ciudadanos.

Tomaron el túnel secreto entre la fortaleza y la catedral. Abuelo Depájaro los esperaba. Se mudaron de ropa todos dejando sus uniformes escondidos. Hicieron la escapada por la ruta escondida y planificada que los llevó al centro de la isla y los dispersó en la cordillera. El alférez Antonio Vietri quedó atrás.

Debido a lo vergonzoso que eran estas derrotas contundentes para los norteamericanos, estos suprimieron estos hechos de los libros de historia insular.

El alférez Antonio Vietri buscó a Yesnadel. Ató su corcel Al-Feral a su carreta y ambos se escaparon a las montañas. Se establecieron en la mansión y hacienda de los abuelos de Yesnadel. Allí ambos fueron maestros en la escuela rural. En su tiempo libre él cultivaba la tierra cosechando cafetos y tabacos. Tuvieron ocho hijos y ocho nietos.

Cuando llegaron las fuerzas de ocupación a la ciudad buscaron en vano a los soldados y nadie tenía idea donde se habían ido.

El alcalde Pánfilo González se encontraba durmiendo cuando lo arrestaron y lo encarcelaron. Luego fue deportado a España donde murió de una hepatitis alcohólica.

Abuelo Depájaro desapareció como vino. Creen que fue visto en un cónclave exclusivo de sabios en Avignon. No se supo nada más de él nunca.

Sábado Noveno

Ambos llegaron tarde. El estaba amanecido y soñoliento por exámenes. Ella no había dormido bien. Ambos se miraron a los ojos. Extrañamente el percibió el brillo inequívoco de un aluvión de amor. El no estaba seguro de los sentimientos de ella. Era tan maravilloso que todavía era un pensamiento incrédulo la realización de que ella correspondía a sus aspiraciones. Él no era tímido pero tenía miedo de perderla si le hacía saber su intenso amor. Para él era como caminar entre una vajilla frágil de cristal. Estaba imbuído en el misterio pero más imbuído en la incertidumbre de ella.

Pensar y buscar. Ariel y Cerisse recapitular las pistas y la evidencia. Una llave antigua de ausubo sin encontrar que abría. Una gaveta secreta a los pies de la estatua del santo. Un vitral que alumbraba la gaveta. El libro rojo en el vitral. 1898 en el libro rojo. El libro era el diario detallado del alférez Antonio Vietri con claves de Abuelo Depájaro. Estas claves incluían buscar el arcoiris, buscar el infinito, buscar la mañana. También un diagrama de la catedral donde aparecían una serie de sótanos, cámaras y túneles sin ninguna mención de como se llegaba a ellos y como se salía de ese laberinto. Encontrar los significados de las claves y su orden tomando una por una. Además el molde de la llave en el libro rojo diario del alférez Antonio Vietri añadía al misterio. El orden aparente era: vitral, luego compartimiento, luego llave, luego libro, luego 1898, luego cerradura sin encontrar. En aquel momento era esta la que faltaba para dar un nuevo paso a la solución todavía lejana. Ambos estaban parcialmente frustrados. Se despidieron. Ella se dirigió a su casa. El se quedó pensando en su libro de sueños entre un hola y un adiós.

Sábado Décimo

Los dos llegaron a la misma vez y a tiempo. El coro comenzó a cantar. Ariel estaba ensimismado viendo a Cerisse subir su voz. Lo melifluo y lo melódico se juntaban. De pronto le surgió como una inspiración una idea. Había un lugar donde no habían buscado. Esperó a que el coro terminara y que se encontraran solos. Le comunicó a Cerisse su idea. En el proscenio del altar estaba el órgano a mano izquierda. No habían buscado debajo de él. Había sido movido hacía unos pocos años del lado derecho al lado izquierdo. Ariel trató de moverlo solo pero el antiguo instrumento era muy pesado. Cerisse que era atlética lo ayudó. Exactamente debajo había una losa grande con una abertura a modo de ojal. Ariel introdujo la llave y hubo un sonido tenue de aguas. Rotó la llave hacia la derecha y no sucedió nada. La llave se acomodaba perfectamente a la cerradura pero esta estaba un poco mohosa y tuvo que aplicarle torque forzoso al rotarla a la izquierda. Al rotar completamente el sonido de agua se hizo más intenso. Aparentemente por fuerza hidraúlica la losa pesada se levantó y se hizo a un lado dejando ver una pequeña escalera sumergida en obscuridad. Solo un poco de luz entraba por una claraboya alta en la pared lateral. No se discernía nada por la falta de luz. No quisieron bajar por la penumbra que había y sin saber que iban a encontrar. Solo se oía el ruido de agua corriendo. Ariel rotó a la derecha la llave y la baldosa se cerró como estaba antes. Al sacar la llave cesó el ruido. Necesitaban aceite para la cerradura y linternas para alumbrar. Volvieron a posicionar el órgano.

Cerisse miró a Ariel con admiración y se despidieron hastael próximo sábado.

Sábado Undécimo

Ariel llegó temprano. Cerisse llegó a tiempo. Ariel estaba a punto de graduarse. Para tener los sábados libres cambiaba las guardias de prácticas clínicas por domingos. Todo el mundo se las canjeaba pues estas eran más difíciles con trabajos corridos de más de treinta horas.

Escondieron las dos linternas potentes y el aceite de lubricación. Cuando estuvieron solos volvieron a estudiar los planos de la catedral. Estos databan del 1898. No enseñaban ni entrada ni salida pero mostraban dos cámaras grandes una encima de la otra y tres túneles. El túnel de extrema izquierda llevaba a la antigua fortaleza. El túnel de la extrema derecha llevaba a la playa. El túnel del centro no demostraba su longitud y era un misterio.

Lubricaron la cerradura y abrieron la baldosa. Ariel quiso bajar solo por si había peligro. Le entregó la llave a Cerisse para evitar quedar encerrado.

El aire era mustio y húmedo. Después de confirmar que era seguro bajó Cerisse. El ruido del agua era más intenso y parecía provenir del suelo. Las tres puertas teníán palancas para abrir pero estas no cedían. Encontraron un madero con un prisma en la punta. Había un orificio en el suelo debajo de la claraboya. La pared principal era de ladrillo con argamasa. Cada ladrillo tenía grabado una letra, un número ó un símbolo alquimista. Los grabados se repetían muchas veces y a inspección todos los ladrillos parecían iguales.

Se hizo tarde. Subieron por la escalerilla, cerraron la baldosa y volvieron a poner el órgano en su sitio. Se despidieron con pena de partir.

Sábado Duodécimo

Ariel y Cerisse ambos llegaron temprano. Cerisse manifestó que estaba segura de que el número 1898 no era solo la clave del diario rojo sino que tenía que ver con los números, letras y símbolos de la pared. Entonces Ariel le aplicó al número la fórmula más simple de la numerología. Esta era la operación de adición iterativa: 1+8+9+8 =26, 2+6=8. El ocho entonces era la clave.

Después del ensayo volvieron de nuevo al subterráneo. Miraron la pared. No había ninguna secuencia que pudiese apuntar al 1898. Ariel se alejó algo de la pared para tener mejor perspectiva. Notó que de los muchos ochos que había tres formaban un triángulo equilátero perfecto. Tocó y examinó los que formaban la base pero no sucedió nada. Al empujar el tercero en el ápice hubo un gran crujido de máquinas y el ladrillo se deslizó hacia adentro. Hubo un temblor en las palancas de los túneles de la derecha y de la izquierda. Cuando las trataron las puertas de los túneles se abrieron. La puerta del túnel central permanecía cerrada y sellada.

Primero decidieron entrar al túnel que llegaba a la antigua fortaleza. Les sorprendió ver a lo largo del suelo cientos de uniformes españoles del siglo XIX. El túnel era largo. Llegaron al final pero la salida estaba clausurada por dentro con una capa gruesa de argamasa.

Ariel dudaba. A lo mejor a Cerisse lo que le interesaba era el misterio y no él. No podía correrse el riesgo de pensar que ella le correspondía a pesar de sus miradas brillantes y coquetas.

Cerisse se había llevado un uniforme para donarlo al museo de historia de la ciudad.

No querían despedirse y se quedaron callados mirándose a los ojos. Por fin Cerisse se dirigió al museo.

Sábado Decimotercero

Ariel llegó temprano. Cerisse llegó tarde. Mientras el coro cantaba se sentó en un banco trasero. Realizó una introspección de sus sentimientos. Hizo un inventario emocional. Los últimos meses habían sido los más intensos de su vida. Estaba enamorado, perdidamente enamorado, indefectiblemente e ineludiblemente enamorado. Le asustaba la profundidad de su amor. Sabía que la querría siempre de una forma ó de otra. Ella le iba a dejar impreso su sello en el corazón. Su vida después no iba a ser la misma. El tenía doctores de prosapia. Ella linaje de nobles. Ella era la mujer más bella que el había visto. Bella en lo exterior y bella en lo interior. Ella tenía que deshacerse de los pretendientes continuamente. No era afectada ni vanidosa. Ella le llegaba al meollo del alma y al tuétano del espíritu. Temía cuando se encontraba con ella decir una tontería de la cual se arrepentiría por mucho tiempo después. Su amor propio y su autoestima eran robustos y saludables. No mentía y mucho menos mentirse a sí mismo. Si lo que sentía era obsesivo pues que lo fuera. No tenía que rendirle cuentas a nadie.

Cuando se terminó el coro y quedaron solos volvieron a bajar a la cámara subterránea. Tomaron el túnel de la derecha que llevaba a la playa. Llegaron al final y subieron la escalerilla. La puerta de salida era de ausubo y tenía una cerradura. Ariel la abrió con la llave que poseía. Empujó hacia arriba y la puerta cedió. La capa de arena que cubría no era muy gruesa. Salieron a una playa desierta.

Los dos estaban solos y de cara al mar. De pronto Cerisse lo besó en la boca. El la apretó por la cintura y la acercó a su cuerpo. Quedaron unidos en un abrazo. Ella le pidió que le diera un masaje en las piernas pues le dolían. El le dio fricción hasta las rodillas. Ella se levantó la falda y él prosiguió por los muslos. Le tocó el pubis y ella gimió. Ambos se confesaron que eran vírgenes. Ella lo desnudó y él a ella. Ariel estaba lívido como si un quiróptero le hubiese drenado la sangre. Comenzaron lo lúdico de los juegos prohibidos del amor. Era la pasión telúrica y demetérica. El la tomó por los glúteos y la penetró con cuidado. Ella no hizo ninguna mueca de dolor cuando él le perforó el himen. Ella llegó al éxtasis muchas veces arañándole la espalda. El continuó seduciéndola múltiples veces llegando al clímax repetidamente mientras la besaba en la boca. Besó incontables veces sus senos de fruta madura y le acarició los pezones de estambre repetidas veces. Después del poema de amor en la arena se vistieron lentamente.

Volvieron al túnel y cerraron la compuerta con llave. Ambos estaban en un trance. Siguieron la rutina de mover el órgano a su lugar. Se despidieron con un beso largo y sostenido.

Sábado Decimocuarto

Cerisse llegó temprano. Ariel llegó temprano. Ambos llegaron de madrugada por mutuo acuerdo. Los dos exudaban felicidad hasta por la epidermis. Ariel había tenido una epifanía a lo Kekule, Friedrich August Kekule fue un químico orgánico alemán que descubrió la estructura del benceno. La solución había eludido a todos. Una noche soñó con la fórmula que solucionó la estructura molecular del químico. En esta forma Ariel soño con la figura del ocho rotando y quedar de lado. Este era el signo del lemnisco del infinito∞. Le comunicó a Cerisse que la parte de buscar el infinito estaba resuelta. Ahora faltaban el buscar la mañana y buscar el arcoíris. La razón de llegar de madrugada era para tratar de descifrar el buscar la mañana. Volvieron a bajar al salón subterráneo. La única luz que entraba era por la claraboya en lo alto de la pared lateral. La pared opuesta con los signos estaba pintada con pintura de cal blanca en la parte inferior. Buscaron todos los lemniscos pero las gestiones fueron infructuosas. La parte inferior de la pared era demasiado amplia y hubiese tomado años en raspar la pintura.

Rebuscaron minuciosamente la cámara en busca de nuevas pistas. Ariel abrió la tapa que conducía al segundo subsuelo. Vio los engranajes de ausubo siendo movidos por el agua de la albufera. A parte de esto no encontró ninguna pista que los ayudara. Todavía era muy temprano para que llegara el coro. Cerisse continuó buscando pulgada a pulgada el contenido de la recámara. Súbitamente tuvo una inspiración. La vara de ausubo con el prisma en la punta podría ser parte de la solución. Miró al hueco redondo en el suelo. Introdujo la varilla en el hueco. La luz daba directa en el prisma. La luz refractada formaba brillantes colores en la pared blanca. Ese era el espectro de luz y el arcoíris. Rasparon la cal blanca del ladrillo donde apuntaba el prisma. El ladrillo tenía el lemnisco de lo infinito. Empujaron el ladrillo. Este se hundió en la pared. Hubo un chasquido crujiente con una intensidad más alta que nunca. La humedad aumentó marcadamente. La palanca de la puerta del centro vibró enloquecidamente. Abrieron la compuerta moviendo la palanca.

El túnel no era largo. Era como una alacena. En el suelo había un cofre grande cerrado. Ariel de nuevo usó la llave de ausubo y logró abrirlo. Era el tesoro de Pánfilo González. Estaba lleno de doblones antiguos de oro, joyas auríferas y argénteas, collares de perlas, pantallas de diamantes, rubíes y esmeraldas. Sortijas, broches, brazaletes y alfileres. Ambos eran inmensamente ricos.

Sábado Decimoquinto

Cerisse no llegó. Ariel no llegó. Se habían escapado juntos a España.

Pedro A. Mora Urdaz

Es Hematólogo Oncólogo. Fue profesor en el Recinto de Ciencias Médicas de la Universidad de Puerto Rico. Ha realizado trabajos en la biología molecular del cáncer.

Ha publicado en revistas literarias)Penélope y el otro mundo, Volumen 1 Volumen 2), donde recibió muy buenas críticas. Tiene poesías y cuentos inéditos que ha acumulado a través del tiempo.

Al presente está dedicado a escribir y está trabajando en su segunda novela.

Made in the USA
Charleston, SC
09 July 2013